나의
제8 롱맨 비
신

BOKU NO KAMISAMA
©You Ashizawa 2020
First published in Japan in 2020
by KADOKAWA CORPORATION, Tokyo.
Korean translation rights arranged
with KADOKAWA CORPORATION, Tokyo.

나의 신

僕の神さま

그날도 우리는
신에게 물었다

아시자와 요
연작 단편소설

김은모 옮김

하빌리스

차례

1부 봄을 만드는 법 。 *6*

2부 여름의 '자유' 연구 。 *48*

3부 작전회의는 가을의 비밀 。 *142*

4부 겨울에 진실은 전하지 않는다 。 *184*

에필로그 봄방학의 정답 공개 。 *224*

옮긴이의 말 。 *264*

1부

봄을
만드는
법

우유를 꺼내려다 손등에 뭔가가 닿았다.

떨어진 병이 슬로모션처럼 느릿느릿 허공을 날았다.

그 모습을 눈으로는 보면서도 손이 전혀 움직이지 않았다. 충격이 발바닥으로 쿵 전해지자 앗, 하고 나오려던 소리가 목구멍으로 쑥 들어갔다.

─ 병에 든 게 쏟아졌다.

나는 거실 안쪽 다다미방을 돌아보았다.

낮잠을 자는 할아버지는 소리를 못 들었는지 일어나서 나오려는 기색이 없었다.

바닥에 엎질러진 건 할머니가 만든 벚꽃절임이었다.

─ 어쩌지.

할머니가 벚꽃절임을 만들기 시작한 건 교장 선생님

으로 일하던 할아버지가 정년퇴직하고 몇 년이 지난 뒤부터였다.

그 계기는 나 역시 분명히 기억하고 있다. 녹차를 마시던 할아버지가 찻잔을 밥상에 내려놓고 문득 "참 희한하다니까." 하고 중얼거렸다.

"사실 벚꽃차는 내내 별로였거든. 향보다 짠맛만 너무 튀는 것 같아서 말이지. 축하 행사 때는 어쩔 수 없이 마셨지만, 맛은 거의 보지 않고 후루룩 마셔 버렸어. 그런데 막상 마시지 않아도 되니 뭐랄까……."

"봄이 온 기분이 안 들어요?"

할머니가 두 눈을 가늘게 뜨고 묻자 "맞아." 하고 할아버지는 고개를 들었다.

"맞아, 그거야. 봄이 온 기분이 안 들어."

마음을 콕 집어 표현해 준 게 기뻤는지 할아버지의 목소리가 커졌다. 할머니는 천천히 고개를 끄덕였다.

"교장 선생님으로 오래 일했으니까요."

그 후로 할머니는 매년 3월 하순이면 보리사(대대로 조상의 위패를 안치해 놓고 명복을 비는 절 - 옮긴이)에서 벚꽃을 따와 벚꽃절임을 만들었다. 벚꽃을 물로 씻고 소금을 골고루 뿌린 다음 매실초에 담갔다가, 일주일쯤 후에 꺼내서 햇볕에 말린 뒤 다시 소금을 뿌린다. 그리고 그걸 끓는 물로 소독한 병에 담아 냉장고에 보관하는 것이다.

할머니는 내가 보는 앞에서 벚꽃절임을 만들며 설명도 해 주었다. 할아버지가 교장 선생님으로 있던 초등학교에서는 매년 졸업식과 입학식 날 벚꽃절임에 뜨거운 물을 부어서 우려 낸 벚꽃차를 마셨다는 것과, 할아버지는 내가 살아온 시간보다 더 오랫동안 교장 선생님으로 지냈다는 것을.

그리고 할머니는 비밀을 알려 주는 듯한 목소리와 표정으로 말을 이었다.

"졸업식과 입학식 때 사람들 앞에서 훈화를 하는 할아버지는 정말 멋졌단다."

첫해에는 만들자마자 차를 마셨지만, 다음 해부터는 벚꽃이 피기 시작할 무렵에 작년에 만든 벚꽃절임으로 차를 마시고 새로 만든 건 내년용으로 보관해 두었다.

벚꽃차를 마실 때마다 할아버지는 툇마루에서 눈부신 듯이 밖을 바라보며 아아 올해도 봄이 왔구나, 하고 중얼거렸다.

벚꽃차보다도 할머니의 표현을 음미하듯 어쩐지 흐뭇해하는 그 옆얼굴을 보고 있자면 왠지 할아버지가 귀엽게 느껴졌던 기억이 난다.

그런데 할머니가 작년 여름에 돌아가셨다.

갑작스레 심장이 멈췄다고 한다. 괴로움 없이 가셔서 어떤 의미에서는 다행이라는 사람도 있었지만 할아버지는 장례식 내내 펑펑 울었다. 그리고 그 후로 약간 쪼그라든 것 같은 느낌이 든다.

내 앞에서는 예전과 다름없이 웃고 재미있는 종이접기도 가르쳐 주지만, 집에 놀러 가면 거의 매번 불단에 피워 놓은 향이 눈에 들어온다.

할머니의 특기였던 비지 요리를 직접 만들어 보고는 만드는 법을 배워 놓았어야 했다고 한숨을 쉬던 할아버지.

할아버지는 분명 올해도 벚꽃차 마실 날을 기다리고 있을 것이다. 할머니가 만든 벚꽃절임으로 벚꽃차를 만들어 마시면 조금은 기운이 날지도 모르는데.

나는 바닥에 무릎을 꿇고 엎질러진 벚꽃절임을 긁어 모아 병에 담았다. 하지만 먼지와 머리카락이 섞여서 도저히 이대로는 먹을 수가 없다.

물에 헹구고 다시 소금으로 절일까? 안 된다, 그래서는 꽃잎이 너덜너덜해질 것이다. 그렇다면.

나는 생각을 정리하지 못하고 일단 병을 점퍼 호주머니

에 쑤셔 넣었다. 살그머니 할아버지 집을 빠져나와 아까 지나온 통학로를 뛰어갔다.

미즈타니 군이라면! 그야말로 매달리는 심정이었다.

야마노 양의 리코더가 없어졌을 때도, 반에서 기르던 햄스터가 우리에서 탈출했을 때도, 학예회를 위해 다 함께 만든 천막이 더럽혀졌을 때도, 얼굴색 하나 바뀌지 않고 진상을 추리해서 해결해 온 미즈타니라면 어떻게든 해 주지 않을까.

뭔가 곤란한 일이 생겼을 때 아이들이 제일 먼저 상의하는 사람이 미즈타니다. 미즈타니는 선생님처럼 화내지도 않는다. 그리고 미즈타니는 선생님처럼 "이미 일어난 일은 어쩔 수 없으니까 앞으로 어떻게 할지를 생각하자."라는 말도 하지 않는다.

뭐가 어떻게 된 건지, 왜 이런 일이 생겼는지를 알고 싶은 마음에 철저히 부응해 준다. 그러고 나서 그럼 어떻게 할지 방법을 함께 고민해 준다.

다른 사람은 아무도 눈치채지 못할 사소한 힌트를 찾아내 마치 그 자리에 있었던 것처럼 진짜로 무슨 일이 벌어졌는지 알아맞히고 그것도 모자라 제일 좋은 해결책을 마련해 주는 미즈타니는, 4학년으로 올라간 작년 봄에 다

카기 군이 "굉장해, 신 같아."라고 감탄한 후부터 '신'이라고 불리게 됐다. 학교에서는 별명 사용 금지라서 선생님 앞에서는 입 밖에 내지 않지만, 아이들끼리 있을 때는 다들 미즈타니를 '신'이라고 부른다. 야, 신, 가르쳐 줘. 저어, 신, 도와줘.

사실 미즈타니는 '신'이 아니라 '명탐정'이라고 불러 줬으면 하는 모양이지만, 5학년 중에서 제일 키가 작은데도 어른보다 더 어른처럼 늘 담담한 미즈타니는 확실히 우리와는 다른 존재 같다.

절 앞을 지나 공원 모퉁이를 돈 후 미즈타니가 기다리는 육교가 보이고서야 내가 원래는 우유를 가지러 할아버지네 갔었다는 것이 떠올랐다.

육교 계단 밑 골판지 상자 앞에 쪼그리고 앉아 있던 미즈타니가 고개를 들었다.

"아, 미안해, 우유 말인데……."

"괜찮아."

미즈타니가 손을 들어 내 말을 막았다.

"잘 생각해 보니 우유는 좋지 않을지도 모르겠어."

안경 코걸이를 밀어 올리고 골판지 상자로 얼굴을 돌렸다.

"좋지 않다니?"

"그게, 우유는 원래 송아지가 먹는 젖이잖아. 새끼 고양이에게 먹이면 배탈이 날지도 몰라."

"아."

나는 목소리를 흘리며 검정 유성펜으로 '키워 주세요'라고 쓴 상자를 들여다보았다. 황록색 이불이 먼저 눈에 들어왔다. 이불이 움직였다고 생각한 순간, 이불 틈새로 검은색과 갈색 얼룩무늬가 나타났다. 미즈타니가 이불을 걷어 올리자 새끼 고양이는 눈이 부신 듯이 눈을 가늘게 뜨고 냐, 하고 작게 울었다.

"일단 어디 안 좋은 곳이 없는지도 확인해야 하니 동물병원에 데려가자."

미즈타니는 입술을 거의 움직이지 않고 말한 후 재빨리 걸음을 옮겼다. 평소와 다름없이 결단력 있는 모습에 든든함을 느꼈을 때, 호주머니에 넣어 둔 벚꽃절임이 생각났다.

호주머니를 손으로 누르자 미즈타니가 내 호주머니를 턱짓으로 가리켰다.

"그거 뭐야?"

나는 어쩐지 구원받은 기분으로 좀 전에 있었던 일을

말했다.

우리 집보다 가까운 할아버지 집으로 갔다는 것, 우유를 꺼내려고 냉장고 위쪽에 손을 뻗었다가 그만 병을 떨어뜨려 속에 든 게 엎질러졌다는 것, 돌아가신 할머니가 만든 벚꽃절임이라 할아버지가 알면 몹시 낙심하리라는 것.

그래서 너라면 뭔가 방법을 알지 않을까 싶어서, 라고 말을 잇자 미즈타니는 동물병원으로 향하는 걸음을 늦추지 않고 "뭐, 선택지는 세 가지겠지." 하고 입을 열었다.

"솔직히 말하고 사과한다, 가게에서 벚꽃절임을 사서 그 병에 넣는다, 또는 만든다."

"만들다니, 내가?"

"방금 만드는 방법을 말해 놓고는."

미즈타니는 당연하다는 듯한 표정으로 나를 보았다.

"할머니가 만드실 때 도와드린 거 아니야?"

"도와줬다기보다…… 옆에서 보기만 했는데."

나는 병을 꼭 움켜쥐었다.

"안 될 것 같으면 사는 수밖에. 다만 제조법이 다를 테니 맛과 모양은 달라지겠지."

"그건……."

"그럼 솔직하게 말하고 용서를 구할래?"

나는 대답하지 못하고 고개를 숙였다. 솔직히 말해도 할아버지는 화내지 않을 것이다. 조용히 그렇구나, 하고는 병이 발에 떨어지지는 않았느냐고 걱정할 것이다. 할아버지는 그런 사람이다.

하지만 그렇다고 해서 있는 그대로 밝힐 마음은 들지 않았다.

"……내가 만들 수 있을까."

"벚꽃만 피어 있다면."

내가 목소리를 쥐어짜 내자 미즈타니는 별일 아니라는 듯이 대답하고 품속의 새끼 고양이를 내려다보았다.

"하지만 일단은 애가 먼저야."

새끼 고양이에게 우유를 먹이지 않았다고 하니 잘했다고 동물병원에서 칭찬받았다. 미즈타니 말마따나 고양이용 우유와 보통 우유는 성분이 달라서 억지로 먹이면 배탈이 날 수도 있다고 한다.

의사 선생님은 새끼 고양이를 어떻게 돌보는지 대강 설명한 후 이동가방을 빌려 주었다.

감사 인사를 하고 동물병원을 나선 우리는 일단 미즈타니네로 가기로 했다. 이름은 뭘로 할 거냐고 내가 묻자 미즈타니는 웬일인지 바로 대답하지 않고 새끼 고양이를 가만히 바라보았다. 새끼 고양이도 미즈타니를 올려다보며 냐, 하고 울었다.

고작 몇 십 분 함께 있었건만 완전히 정이 들었다. 미즈타니도 마찬가지인지 가방을 들어 주겠다고 해도 괜찮다며 손에서 떼어 놓으려 들지 않았다.

미즈타니가 사는 연립주택에 도착했을 때 마침 퇴근하고 돌아온 미즈타니의 엄마와 마주쳤다. 미즈타니 엄마는 동물병원 이름이 인쇄된 이동가방을 보자마자 눈을 동그랗게 떴다.

"그거 뭐니?"

"고양이. 누가 버린 걸 주웠어."

미즈타니는 이동가방을 든 채 현관에 운동화를 후딱 벗어 놓고 집 안으로 들어갔다.

"동물병원에서 어떻게 돌보는지도 배웠으니까 걱정하지 마."

냉큼 말하고 복도로 가려는데 "잠깐, 거기 서." 하고 미즈타니 엄마가 불러 세웠다. 미즈타니가 멈춰 섰다. 미즈타니 엄마는 작게 한숨을 쉬었다.

"보아하니 아는 것 같은데, 이 연립주택은 반려동물 금지야."

어, 하고 나는 목소리를 흘렸다.

미즈타니는 돌아보지 않았다. 미즈타니 엄마는 미즈타니 앞으로 가서 허리를 구부리고 얼굴을 들여다보았다.

"동물병원에 데려간 건 잘했어. 병원비는 어떻게 했니?"

"세뱃돈으로 냈어."

미즈타니 엄마는 그렇구나, 하고 고개를 살짝 끄덕이더니 이 시간이라면 괜찮을까, 하고 혼잣말을 했다.

"엄마가 집주인한테 사정을 설명하고 일주일 정도만 보호하면 안 될지 부탁해 볼게. 그사이에 키워 줄 사람을 찾자. 알았지?"

미즈타니는 고개를 끄덕이지 않았다. 하지만 고개를 젓지도 않았다. 그 뒷모습을 보자 어쩐지 미즈타니는 이렇게 될 줄 알고 있었는지도 모르겠다는 생각이 들었다. 그래서 당장 이름을 지어 주려고 하지 않았던 게 아닐까.

미즈타니가 내 쪽으로 빙글 돌아섰다.

"일단 키울 수 없는지 반 아이들한테 물어볼까."

"아니…… 어, 그러니까."

나는 조심조심 말을 꺼냈다.

"우리 할아버지가 마침 고양이를 키우고 싶어 하시는

데."

"뭐?"

미즈타니와 미즈타니 엄마가 동시에 소리쳤다.

한 박자 늦게 미즈타니 엄마가 "어머나!" 하고 목소리를 한 톤 높이며 손뼉을 짝 쳤다.

"그래? 마침 잘됐네."

"저어…… 죄송해요. 미즈타니가 키우고 싶어 하는 것 같아서 말을 꺼낼 수가 없었어요."

"할아버지라면, 벚꽃차를 드신다는?"

미즈타니의 말을 듣고 보니 묘한 운명 같은 기분이 들었다. 할머니가 돌아가셔서 벚꽃절임이 딱 한 병만 남았기 때문에 그걸 엎지른 게 중대한 일이 되었고, 할머니가 돌아가셔서 집이 조용해졌기 때문에 할아버지가 고양이를 키우고 싶다고 했으니 전혀 무관한 이야기는 아니지만 말이다.

내가 "응." 하고 대답하자 미즈타니는 그렇구나, 하고 중얼거리고 이동가방을 들여다보았다.

그 자리에서 전화를 빌려 할아버지에게 새끼 고양이를 주웠는데 키울 수 없겠느냐고 물어보자 할아버지는 "집이 떠들썩해지겠구나." 하고 들뜬 목소리로 답했다. 하지만 모레부터 3박 4일간 경로회에서 여행을 갈 예정이라, 돌아온 후에 고양이를 데려오면 고맙겠다고 했다.

나는 몰래 가슴을 쓸어내렸다. 할아버지가 여행을 가면 적어도 그동안은 벚꽃절임이 없어졌다는 걸 들킬 염려가 없고, 새로 만들 시간이 있다는 뜻이기 때문이다.

직접 벚꽃절임을 만들어야 한다니 처음에는 몹시 어렵게 느껴졌지만, 미즈타니가 시키는 대로 기억하고 있는 순서를 종이에 적어 보자 하나하나의 과정은 그렇게 힘들 것도 없었다.

할아버지가 여행을 떠나느라 문단속을 하기 전에 할머니가 사용했던 소금과 매실초를 가지고 나왔고, 앞으로 일주일은 맑은 날씨가 이어질 모양이니 햇빛에 말리는 것도 문제없다.

제일 큰 걱정은 아직 3월 중순인 이 시기에 핀 벚꽃이 있느냐였지만, 할머니가 늘 벚꽃을 따 오던 절에 가 보니 꽃이 만개한 나무가 딱 한 그루 있었다.

죽 늘어선 벚나무 가로수 대부분에는 아직 꽃봉오리만 맺혀 있는데, 그 나무에만 탐스러운 꽃이 흐드러지게 피었다. 마치 할머니가 특별한 마법이라도 걸어 준 것처럼 신비한 광경이었다.

"굉장하다."

나는 중얼거렸다.

"할머니가 응원해 주시는 것 같아."

내가 신나서 이야기하자 미즈타니는 아니, 하고 뭔가 말하려다 결국 아무 말도 하지 않고 입을 다물었다.

우리는 힘을 합쳐 꽃을 따 모았다.

물로 씻고 소금을 뿌리고 매실초에 담그는 과정은 조리 실습 같았고, 햇볕에 말리는 건 과학 실습 같았다. 학교 숙제도 아닌데 둘이서 함께 마치 공부 같은 일을 하는 게 재미있어서, 그럴 상황이 아닌 줄 알면서도 조금 즐거웠다.

미즈타니에게 상의하기 전까지는 정말로 돌이킬 수 없는 일이 벌어졌다는 심정이었는데, 막상 작업을 시작하자 전부 잘 해결될 것 같은 기분이 들어 신기했다.

딩동, 하고 묘하게 튀는 초인종 소리가 현관에 울렸다.

네, 갑니다, 하는 할아버지의 명랑한 목소리가 안에서 들렸다.

나와 미즈타니는 얼굴을 마주 보고 고개를 끄덕였다.

미닫이문을 여는 소리가 평소보다 크게 느껴졌다. 나는 침을 꿀꺽 삼키고 겨드랑이를 조여서 점퍼 호주머니를 팔꿈치로 눌렀다.

"실례하겠습니다."

뒤에서 평소와 똑같은 미즈타니의 목소리가 들리자 굳은 어깨가 조금 풀렸다. 괜찮다고 마음을 진정시켰다. 할머니가 늘 사용하던 것과 똑같은 재료를 사용해 똑같은 방법으로 만들었다. 매실초에 담가 놓은 시간이 짧았던 게 걱정이지만, 겉으로 보기엔 할머니가 만든 벚꽃절임과 거의 다를 바 없다. 새로 만들었다고 말하지 않으면 할아버지도 분명 모를 것이다.

"어서 오렴."

거실에서 나온 할아버지가 나를 보고 나서 미즈타니에게 시선을 옮겼다. 미즈타니가 다시 "실례하겠습니다." 하자 "오냐, 만나서 반갑구나." 하고 답했다.

어린이를 익숙하게 대하는 그 모습을 보니 할아버지가 교장 선생님이었다는 사실이 새삼 떠올랐다. 내가 철들었을 무렵에는 이미 퇴직해서 지금 같은 할아버지가 됐지만, 그래도 할아버지와 함께 걷다 보면 모르는 형이나 누나들이 "아, 교장 선생님! 안녕하세요!" 하고 인사를 하곤 해서 어쩐지 낯간지러우면서도 자랑스러운 기분이 들었던 기억이 난다. 그때도 할아버지는 지금처럼 "오냐, 만나서 반갑구나." 하고 부드럽게 답했다.

갑자기 할머니가 했던 말이 되살아났다.

'졸업식과 입학식 때 사람들 앞에서 훈화를 하는 할아버지는 정말 멋졌단다.'

할아버지에게 할머니의 벚꽃차는 정말 소중했겠지. 교장 선생님으로 지내던 시절의, 그리고 그 시절을 기억해 준 할머니의 추억이 담긴 물건이니까.

나는 점퍼 호주머니에 손을 넣어 병을 꼭 움켜쥐었다.

"오오, 정말로 어린 녀석이네."

이동가방을 들여다보고 환성을 지르는 할아버지 옆을 지나쳐 부엌으로 향했다. 불을 켜지 않아 부엌은 어두침침했다.

나는 할아버지가 부엌에 올 기색이 없는 걸 확인한 후 병을 꺼냈다.

입이 바짝 말랐다. 심장 소리가 빨라졌고, 거의 움직이지 않는 상태인데도 호흡이 얕아졌다.

"이름은 정했니?"

얇은 막으로 감싼 것처럼 할아버지의 목소리가 멀게 느껴졌다. 미즈타니의 대답은 들리지 않았지만 할아버지가 "왜?" 하고 묻는 소리가 들렸다.

"키우는 사람이 정하고 싶을 것 같아서요."

이번에는 미즈타니의 대답이 들렸다.

깜짝 놀란 듯 한순간 침묵이 흐른 후, 할아버지가 "미즈타니는 참 착하구나." 하고 진심 어린 말투로 칭찬하는 목소리가 귀에 닿았다.

나는 냉장고 손잡이를 잡았다. 최대한 소리가 나지 않도록 살짝 잡아당기자 꿈쩍도 하지 않아서 하는 수 없이 조금씩 팔에 힘을 주었다.

느닷없이 쩍, 하고 고무가 떨어지는 소리와 함께 문이 확 열려서 하마터면 뒤로 자빠질 뻔했다. 허둥지둥 문을 붙들고 버틴 후, 까치발로 서서 할머니의 벚꽃절임이 있던 곳에 가져온 병을 넣었다.

발뒤꿈치를 내려놓으며 문을 닫자 텅, 하고 소리가 울렸다. 나도 모르게 몸을 움츠리고 나서야 보리차라도 꺼낼 걸 그랬다고 후회했다. 그랬으면 냉장고를 여닫는 소리가 들리더라도 보리차를 꺼내느라 그런 거라 여겼을 텐데.

"이거 엄마가 드리랬어요. 고양이를 맡아 주셔서 감사합니다."

"어이구, 이런 것까지. 나야말로 인사를 드려야 하는데."

할아버지가 난감한 듯한 목소리로 말하고 나서 "아참."

하고 말을 이었다.

"마침 간식 먹을 시간인데 괜찮으면 좀 먹고 가렴. 지금 차라도 내올 테니."

가슴이 철렁 내려앉았다.

숨어야 한다고 생각하면서도 한 발짝도 움직이지 못하고 있는데 포렴을 걷고 들어온 할아버지가 "오." 하고 나를 보았다. 나는 반사적으로 할아버지에게 등을 돌렸다.

"보리차 꺼낼까요?"

"이야, 척하면 착이구나."

할아버지는 내가 어느새 부엌에 들어와 있는데도 부자연스럽다는 걸 눈치채지 못했는지, 감탄한 듯 말하고 찬장에서 찻잔을 꺼냈다. 나는 냉장고 문으로 얼굴을 가리고 보리차가 담긴 포트를 잡았다.

그런데 할아버지가 아니지, 하고 나지막하게 말했다.

"모처럼 손님이 왔으니 벚꽃차라도 마실까."

그 순간 고함을 지를 뻔했다. 실제로 고함을 지르지 않았던 건, 참았다기보다 목구멍이 굳어서 목소리가 나오지 않았기 때문이다.

"그래, 그러자. 오늘은 새로운 가족이 생긴 경사스러운 날이기도 하니까."

할아버지는 기쁜 듯이 중얼거리고 주전자를 난로 위에 올렸다.

"할아버지가 준비할 테니 저기 앉아서 기다리렴."

내가 할 수 있는 일은 고작 네, 하고 대답하는 것뿐이었다. 포렴을 걷고 나오자 부엌에서 나눈 이야기가 들렸는지 미즈타니의 표정도 미묘했다.

나는 미즈타니의 곁으로 뛰어가 귓속말을 했다.

"어쩌지."

미즈타니는 괜찮다는 듯이 고개를 살짝 끄덕이고 "이것 좀 봐." 하고 목소리를 조금 높였다.

"이제 장난감으로 놀 줄도 알아."

미즈타니는 이동가방에서 새 깃털 같은 것이 달린 고양이 낚싯대를 꺼내 새끼 고양이 얼굴 앞에 흔들었다. 새끼 고양이는 동그란 눈을 반짝이며 장난감을 향해 앞발을 쑥 내밀었다. 나는 와, 하고 환성을 질렀다.

"귀엽다!"

"안아 볼래?"

미즈타니가 익숙한 손놀림으로 새끼 고양이를 안아 올리고 내 쪽으로 몸을 돌렸다. 나는 몸을 뒤로 빼면서도 양손을 뻗었다. 잘 안을 수 있을까. 싫어하며 도망치지는 않을까. 그런 생각이 머리를 스쳤지만 새끼 고양이는 난리를 치지 않고 내 품에 쏙 안겼다.

일단은 부드러운 느낌이었다. 그러고 나서 가볍고 따뜻하다는 생각이 들었다. 전에 만났을 때는 냐, 하고 울었는데 이제는 야옹, 하고 운다. 뼈가 하나도 없는 것처럼 부들부들한 등이 움직일 때마다 폭신폭신한 털이 손바닥을 간지럽혔다.

새끼 고양이가 초롱초롱한 눈으로 쳐다보는 것만으로 가슴이 벅차올랐다. 어쩜 이렇게 귀여울까 생각하다 "귀엽다."라는 말이 다시 튀어나왔다.

고양이는 정말로 이렇게 폭신폭신하구나. 정말로, 라고 생각한 건 예전에 우리 반 가와카미 양이 그린 고양이 그림을 보았을 때도 같은 생각을 했기 때문이다.

"참 귀엽구나." 하는 목소리에 고개를 번쩍 들어 보니 할아버지였다. 할아버지는 새끼 고양이를 바라보며 밥상 가운데에 찻잔과 나무 접시를 내려놓았다. 갈색 종이 상자에서 쿠키를 꺼내 접시에 담고, 선반장에서 '아소토 센베이'이라고 적힌 깡통을 꺼냈다.

"네가 가져온 과자로 대접하자니 미안하다만."

할아버지는 작은 목소리로 덧붙여 말하고 그릇을 미즈

타니 앞으로 밀어 주었다. 미즈타니는 "잘 먹겠습니다." 하며 쭉 뻗은 등을 앞으로 기울이고 센베이를 골랐다. 나는 잠깐 망설이다 초콜릿 쿠키를 집었다. 짭짤한 차에는 센베이가 어울릴 것 같았지만, 별로 좋아하지 않는 아몬드 센베이뿐이었기 때문이다.

할아버지는 과자 그릇이 아니라 찻잔에 손을 뻗었다. 나는 마음을 단단히 먹었다.

할아버지가 찻잔을 들여다보았다. 나도 따라서 시선을 주자 아주 약간 분홍색으로 물든 물속에서 한가운데만 진한 분홍색이고 끄트머리는 거의 흰색인 꽃잎이 해파리처럼 흔들거리고 있었다.

할아버지가 기쁜 듯이 두 눈을 가느스름하게 뜨고 찻잔에 살짝 입을 댔다. 후루룩, 하고 작게 소리를 내며 빨아들이듯이 입안에 머금었다.

다음 순간 할아버지가 하얀 눈썹을 씰룩 움직였다. 뒤늦게 입안의 차를 삼키며 미심쩍은 듯한 표정을 지었다.

— 설마, 들켰나?

찬물을 끼얹은 것처럼 온몸이 단숨에 싸늘해졌다. 맛이 다른 걸까. 하지만 어째서? 재료도 만드는 법도 똑같을 텐데. 아니면 매실초에 담가 놓은 시간이 평소보다 짧아서

맛이 달라진 걸까.

미즈타니는 태연한 표정으로 찻잔을 집어서 핥는 것처럼 한 모금 마셨다.

나도 부랴부랴 조금 마셨다. 하지만 할머니의 맛과 어디가 어떻게 다른지 모르겠다.

애당초 나는 할머니가 벚꽃절임을 만드는 건 봤지만, 벚꽃차를 마신 적은 손가락으로 꼽을 정도밖에 안 된다.

맛이 별로라 일 년에 한 번쯤은 할아버지를 따라서 마셨지만, 그 이외에는 녹차나 보리차를 마셨다.

혹시 이러다 할아버지가 '맛이 다르다.'라고 따지고 든다면.

할아버지는 내가 범인이라는 걸 눈치챌까. 아니, 문제는 그게 아니다. 만약 할아버지가 이걸 '할머니의 맛이 아니다.'라고 생각한다면 할아버지는 두 번 다시 할머니의 벚꽃차 맛을 즐기지 못하게 된다.

하지만 할아버지는 아무 말도 없이 쿠키를 집었다. 쿠키는 오랜만에 먹는지 노안경을 내리고 쿠키 봉지를 유심히 바라보았다.

― 기분 탓으로 여기고 넘어가기로 한 걸까.

나는 차를 마시는 척하며 할아버지의 옆얼굴을 훔쳐보

왔다. 할아버지는 더는 차에 관심을 주지 않고 쿠키 포장지를 집어서 뒤집었다.

그러자 종이가 쓸리는 소리에 반응했는지 새끼 고양이가 고개를 홱 들었다. 그리고는 순식간에 내 품에서 빠져나가 포장지로 달려들었다. 어이쿠, 하고 할아버지가 포장지를 들어올리자 새끼 고양이는 쫓아가듯 몸을 쭉 펴고 펄쩍 뛰어올랐다.

우와, 하고 할아버지가 상체를 젖혔다.

"대단한걸, 벌써 이렇게 힘이 펄펄 넘치는구나."

할아버지는 포장지를 재빨리 접어서 바닥에 내려놓고 새끼 고양이를 안았다.

"그래, 그래. 하지만 지금은 뜨거운 차가 있거든. 위험하니까 할아버지가 안고 있자꾸나."

상냥하게 말한 후, 밥상에서 조금 떨어진 곳에 책상다리를 하고 앉아 다리 사이에 새끼 고양이를 내려놓았다. 새끼 고양이는 야옹, 하고 울었지만 뛰쳐나가지는 않고 할아버지의 엄지손가락 밑부분을 앙, 앙 깨물었다. 아프지 않나 싶었지만 할아버지는 그냥 내버려 둔 채 반대쪽 손으로 새끼 고양이의 턱을 쓰다듬었다.

골골골골, 하고 느릿하게 가글을 하는 듯한 소리가 작

게 들렸다. 새끼 고양이는 기분 좋은 듯이 눈을 감고 할아버지의 손에 턱을 맡겼다.

"이름은 뭐로 할까."

할아버지가 새끼 고양이를 내려다보며 중얼거렸다. 새끼 고양이의 턱에서 손을 떼고 팔을 긁다가 새끼 고양이의 턱을 다시 쓰다듬는가 싶더니 금방 또 손을 떼서 눈을 비볐다.

쓰다듬기를 그만두자 새끼 고양이가 이상하다는 듯이 할아버지를 올려다보았다. 나도 별생각 없이 할아버지의 얼굴을 봤다가 숨을 헉 삼켰다.

할아버지의 얼굴이 어느 틈엔가 시뻘게져 있었다.

"어?"

나는 조심조심 손을 뻗었다.

"할아버지, 왜 그래요?"

"아니, 좀……."

할아버지도 난처한 듯이 말하며 몸을 일으켰다. 새끼 고양이가 바닥으로 폴짝 뛰어내려 미즈타니에게 갔다.

할아버지가 목을 누른 채 세게 헛기침을 했다. 가래가 걸린 것처럼 격하게 컥컥대는 소리를 듣자 가슴이 술렁거렸다. 할아버지에게 무슨 일이 생긴 걸까. 괜찮은 걸까.

"할아버지."

할아버지는 "괜찮아." 하고 재빨리 거실에서 나갔다. 화장실에서 기침하는 소리가 몇 번 더 들린 뒤, 서랍을 덜컥덜컥 여닫는 것 같은 소리가 이어졌다.

"괜찮으실까."

나는 불안해져서 미즈타니를 보았다. 하지만 미즈타니도 모르겠다는 듯이 고개를 저었다.

일단 화장실로 쫓아가 보자 할아버지는 내게 등을 돌린 채 "괜찮아."라는 말을 되풀이했다.

"잠깐 저쪽에서 기다리렴."

"하지만."

할아버지는 내 말을 막듯 손을 뒤로 돌려 화장실의 아코디언 커튼을 닫았다. 그래도 거실로 돌아갈 마음은 들지 않아 커튼 앞에서 발만 동동 굴렀다. 잠시 후에 온 미즈타니와 눈이 마주쳤다.

구급차라는 말이 목구멍까지 올라왔다. 하지만 할아버지 본인이 괜찮다고 하는데 일을 크게 만들어도 될지 판단이 서지 않았다. 그러나 만약 이러다 돌이킬 수 없는 일이 벌어진다면.

일단 아무나 어른을 불러오겠다며 미즈타니가 부리나케 현관으로 달려갔다. 나도 쫓아가려 했지만 "넌 할아버지 옆에 있어."라는 말에 발걸음을 돌렸다.

내가 돌아온 것과 거의 동시에 할아버지가 아코디언 커튼을 열었다.

"놀라게 해서 미안하구나." 하며 거실로 나온 할아버지는 안색이 원래대로 돌아왔고, 숨쉬기도 힘들어 보이지 않았다.

"할아버지? 괜찮아요?"

"응."

쓴웃음이 섞인 대답을 듣고 나는 현관으로 뛰어가 소리를 질렀다.

"미즈타니! 할아버지 이제 괜찮으시대!"

쿵쿵 발소리를 내며 거실로 돌아온 미즈타니는 할아버지의 온몸을 쓱 훑어보았다.

할아버지는 미즈타니에게도 "많이 놀랐지? 미안하구나." 하고 사과했다. 그래도 미즈타니는 표정을 풀지 않고 "정말 괜찮으세요? 구급차 부를까요?" 하고 물어보았다.

"약을 먹었으니 걱정하지 말렴."

"약이요?"

되물은 것은 나였다. 할아버지는 병에 걸린 걸까. 하지만 그런 이야기는 엄마에게도 못 들었다.

할아버지는 나와 미즈타니 사이에 웅크리고 앉아 있는 새끼 고양이를 낙심한 표정으로 내려다보았다.

"음, 설마 싶었는데…… 이 약이 효과가 있다는 건."

거기까지 말하고 한숨을 푹 내쉬었다.

"아무래도 알레르기인가 보다."

"알레르기요?"

이번에는 미즈타니가 되물었다. 할아버지는 턱을 당겨 고개를 끄덕했다.

"기껏 데려왔는데 정말로 미안하다만…… 오늘, 이 타이밍에 증상이 나타난 걸 보면 고양이가 알레르기의 원인일지도 모르겠구나."

나는 엇, 하고는 미즈타니를 향해 고개를 홱 돌렸다.

미즈타니는 새끼 고양이를 보고 있었다. "고양이 알레르기."라고 되뇌듯 중얼거리더니 무릎을 꿇고 고양이를 안아 들었다.

"그럼 키우시는 건 무리겠네요."

"어휴, 애써 데려왔는데 정말로 미안하구나."

할아버지가 다시 사과하자 미즈타니는 "데려갈게요."라

고만 말하고 새끼 고양이를 이동가방에 넣었다.

"어, 미즈타니!"

나는 당황해서 소리쳤다.

"하지만 걔를 어쩌려고?"

"일단 집에 데려가서 키워 줄 사람을 다시 찾아보는 수밖에 없지."

미즈타니는 담담하게 말했다. 나는 몸을 움츠리며 응, 하고 고개를 끄덕였다.

할아버지가 고양이를 키워 주겠다고 해서 다른 사람은 찾아보지 않았다. 우리 집에는 앵무새가 있으니까 할아버지가 키우지 못한다면 새끼 고양이를 키워 줄 사람이 당장은 없는 셈이다.

야옹, 하고 이동가방 속에서 새끼 고양이가 울었다. 무슨 이야기를 하는 줄 아는지 모르는지, 바쁘게 야옹야옹 계속 울었다.

할아버지가 이동가방에 서운한 듯한 시선을 던졌다. 반쯤 무의식적으로 손을 뻗으려다 뿌리치듯이 몸을 휙 돌렸다.

"배가 고픈지도 모르겠구나."

자기 자신을 타이르듯이 그렇게 중얼거리고 부엌에서

작은 접시를 가지고 왔다.

"일단 체온 정도로 데웠는데, 직접 핥아먹을 수 있으려나?"

할아버지는 내게 접시를 건네며 미즈타니에게 물었다.

미즈타니는 고개만 들었다.

"이건 새끼 고양이용 우유인가요?"

할아버지는 생각지도 못한 말을 들은 것처럼 눈을 끔뻑거렸다.

"아니, 보통 우유인데…… 보통 우유는 안 되니?"

"안 돼요!"

나는 들고 있던 접시를 재빨리 뒤로 뺐다. 나도 일주일 전까지는 몰랐으면서 "우유는 송아지가 먹는 젖이잖아요. 고양이에게 먹이면 배탈이 난다고요." 하고 동물병원에서 들은 대로 말했다.

"그러니?"

"그럼요. 겉으로 보기에는 비슷해도 서로 다르니까요."

어쩐지 우쭐거리면서 그렇게 말한 순간이었다.

미즈타니를 둘러싼 공기가 팽팽해진 느낌이 들었다.

그 옆얼굴을 보고 미즈타니가 뭔가 알아차렸다는 것을 알았다.

평소 같으면 손가락으로 코 밑을 문지르며 "수수께끼 냄새가 나는걸." 하고 말했을 참이다. 나는 진짜 명탐정 같은 분위기를 풍기는 그 대사를 좋아하지만, 오늘 미즈타니는 그 말을 꺼내지 않았다. 그러고는 뭔가 생각에 잠긴 것처럼 복잡한 표정으로 느닷없이 "이만 가 볼게요." 하고 현관으로 향했다.

"미즈타니!"

내가 부르는데도 돌아보지 않고 나간 미즈타니를 허겁지겁 쫓아갔다. 신발을 꺾어 신고 100미터쯤 가다가 신발 끈을 밟아 넘어질 뻔했다.

으악, 하고 외치며 간신히 넘어지지 않고 버텼을 때 드디어 미즈타니가 발을 멈췄다.

나는 양 무릎에 손을 짚은 채 고개를 들었다.

눈앞에 있는 건물은 시립 도서관이었다.

"여기서 잠깐만 기다려."

미즈타니가 내게 이동가방을 떠맡겼다. 뭘 어쩌려는 거냐고 물어볼 틈도 없이 미즈타니는 건물 안으로 사라졌다.

나는 그 자리에 우두커니 서서 이동가방과 도서관 입구를 번갈아 바라보았다. 나도 쫓아서 들어가고 싶지만 고양이를 데리고 들어갈 수는 없다.

자전거 주차장이 있는 건물 뒤편으로 돌아가 이동가방을 땅바닥에 내려놓고 까치발로 창문을 들여다보았다. 미즈타니는 어디에 있을까. 뭔가 조사하려는 걸까. 창틀에 손가락을 걸고 발돋움을 한 자세로 옆으로 이동하며 서가 사이를 하나하나 살폈다.

바깥보다 조금 어두운 실내에는 사람이 드문드문 있었다. 대학생 같은 남자, 지팡이를 짚은 할아버지, 교복을 입은 누나, 크림색 앞치마를 한 여자…… 아, 찾았다!

미즈타니는 지금까지 보였던 사람보다 머리 두 개쯤 키가 작았다. 그 사실에 나는 왠지 조금 놀랐다.

미즈타니는 책 한 권을 겨드랑이에 낀 채 발을 옆으로 미끄러뜨리듯이 걸으며 고개를 끄덕이고 있었다. 뭐에 그렇게 공감하나 의아하게 여기다가, 고개를 끄덕이는 것이 아니라 책등을 훑어보고 있다는 사실을 알아차렸다.

그러고 보니 미즈타니는 늘 깜짝 놀랄 만큼 책 읽는 속도가 빨랐다. 서가에 줄지은 책 제목을 읽을 때도 분명 그럴 것이다.

갑자기 미즈타니가 발과 고개를 멈췄다. 그리고 손을 쭉 뻗어 책을 한 권 뽑았다.

나는 발뒤꿈치를 내려서 저린 발끝을 풀고 다시 창문

에 달라붙었다.

군데군데 모르는 한자가 있어서 무슨 책인지 확실치는 않았지만 '알레르기'라는 글자만은 똑똑히 눈에 들어왔다.

― 알레르기?

나는 시선을 모았다. 뭘 조사하는 걸까. 할아버지의 고양이 알레르기에 대해서?

이윽고 미즈타니가 책에서 고개를 들었다. 책을 가만히 덮고 다른 책과 함께 겨드랑이에 꼈다.

그대로 서가를 떠나자 기둥 뒤편에 가려서 더는 창문으로 보이지 않았다. 나는 이동가방을 들고 도서관 입구로 돌아갔다.

내가 입구에 도착하고 잠시 후에 미즈타니가 나왔다.

"미즈타니, 뭘 조사한 거야?"

미즈타니는 대답 대신 겨드랑이에 꼈던 책을 손으로 들었다. 아까 보았던 알레르기 책이 아니라 식물도감 같았다. 표지에는 흰색, 노란색, 분홍색 꽃이 나란히 그려져 있었다.

미즈타니는 이동가방을 받아 들고 내게 책을 주며 "처음에는 독성이 있는 식물 탓이었을지도 모른다고 의심했어." 하고 뜬금없는 말을 꺼냈다.

"독?"

나는 깜짝 놀라 되물었다.

"응." 미즈타니는 내 눈을 똑바로 보고 고개를 끄덕였다.

"고양이를 안았을 때 할아버지의 상태가 안 좋아졌지만, 그건 차를 마신 직후이기도 하잖아? 어쩌면 벚꽃 중에서도 독성이 있는 품종으로 절임을 만든 게 아닌가 싶었지."

거기서 말을 멈추더니 눈을 내리깔았다.

"……실은 우리가 따 온 그 꽃이 아직 피지 않은 벚나무 가로수의 벚꽃, 그러니까 지금까지 할머니가 따서 사용하셨던 왕벚나무하고는 다른 꽃이라는 건 그때도 알고 있었어."

"뭐?"

나는 눈이 휘둥그레졌다. 그때…… 그 꽃을 따러 갔을 때다. 미즈타니는 눈을 들고 "왕벚나무는 전부 클론이라 장소가 같으면 피는 시기가 똑같을 테니까." 하고 대답했다.

"클론이라니?"

나는 고개를 갸웃했다. 들어 본 적 있는 단어이긴 한데 무슨 뜻이었더라. 미즈타니는 생각을 하는지 잠깐 시선을 위로 향했다.

"DNA에 포함된 유전 정보가 똑같다는 뜻이야."

해설하는 투로 다시 말해 주었지만 나는 더 아리송해졌다. 하지만 미즈타니는 이제 나도 이야기를 따라올 수 있으리라 생각했는지 "그러니까." 하고 정리에 들어갔다.

"일제히 피었다가 지는 왕벚나무 중에서 한 그루만 먼저 피었다는 건 품종이 다르다는 뜻이지. ……하지만 그때 말하지 않은 건 할머니가 왕벚나무를 사용하셨다면, 같은 품종을 지금 요 부근에서 찾기는 아무래도 힘들 것 같아서였어."

미즈타니의 말을 듣자 꽃을 따러 갔을 때의 광경이 되살아났다.

꽃봉오리만 맺힌 벚나무 가로수들 가운데 탐스러운 꽃이 핀 단 한 그루의 나무. 할머니가 응원해 주는 것 같다고 내가 신나서 떠들자 미즈타니는 뭔가 말하려다 말았다.

"더구나." 하고 미즈타니는 목소리를 한 톤 낮추어 말했다.

"같은 벚꽃이라면 품종이 다르더라도 맛에는 별 차이가 없을 것 같았거든. 만드는 법만 봐도 어차피 맛은 대부분 소금으로 결정될 것 같았고. 하지만 그게 실수였던 거야."

뭔가 곱씹듯이 눈을 감더니 한숨을 내쉬었다.

천천히 눈을 뜬 미즈타니가 나를 보고 말했다.

"그 꽃은 벚꽃이 아니라 아몬드꽃이었어."

"아몬드?"

미즈타니는 내가 들고 있는 식물도감을 솜씨 좋게 한 손으로 넘겼다. 우리가 일주일쯤 전에 땄던 것과 똑같은 꽃이 나타났다.

하지만 아무래도 벚꽃으로밖에 보이지 않았다.

"어, 이거 벚꽃 아니야?"

"응, 겉으로 보기에는 비슷해도 서로 달라."

미즈타니는 아까 내가 우유에 대해 설명했을 때와 똑같은 말을 꺼냈다. 그리고 도감 속 사진에 달린 글씨를 가리켰다.

'아몬드꽃'

미즈타니는 다시 책을 넘겨 이번에는 벚꽃이 실린 페이지를 펼쳤다.

"똑 닮았지? 하지만 자세히 보면 벚꽃은 가지에서 돋은 가느다란 줄기에 피는데, 아몬드꽃은 가지에 직접 피어."

나는 두 페이지를 비교해서 보았다.

— 진짜다.

그러고 나서 한 박자 늦게 지금까지 나누었던 이야기의

흐름을 떠올리고 "앗." 하며 미즈타니를 보았다.

"그럼 아몬드꽃에는 독이 있다는 말이야?"

"아니."

미즈타니는 짤막하게 대답하고 식물도감 위에 다른 책을 얹었다. 표지에 적힌 '알레르기'라는 글자에 시선이 빨려 들었다.

미즈타니가 숨을 스읍 들이마셨다.

"할아버지는 아몬드 알레르기가 아닐까."

내 눈을 가만히 본 후에 알레르기 책을 넘겼다. '견과류 알레르기'라는 항목을 펼치고 손가락으로 글씨를 짚었다.

"'땅콩 알레르기가 대표적이지만, 그 외에 호두, 캐슈너트, 아몬드가 알레르기의 원인이 되기도 합니다.'"

책을 내 쪽으로 펼쳐서 글씨가 거꾸로 보일 텐데도 미즈타미는 술술 읽었다.

"생각해 보면 만약 아몬드꽃에 독성이 있었다면 차를 같이 마신 우리에게도 증상이 나타났어야겠지. 그리고 할아버지는 알레르기 약을 먹고 상태가 좋아지셨어."

"아."

— 듣고 보니 그렇다.

"애당초 알레르기 약을 가지고 계셨다는 건 뭔가에 알

레르기가 있다는 뜻이지. 게다가 할아버지는 뭔가 확인하는 것처럼 쿠키 봉지와 포장지 뒷면을 유심히 보셨어. 그리고 아몬드 센베이만 남아 있었던 아소토 센베이."

미즈타니는 단숨에 말하고 소리 나게 책을 덮었다.

"할아버지 상태가 안 좋아진 게 우리가 만든 아몬드차 때문이라면 할아버지는 그 차를 드실 때마다 상태가 안 좋아지실 거야."

할머니의 벚꽃절임을 엎질렀다는 사실을 숨기고 할머니의 제조법을 따라 벚꽃절임을 만들었다고, 솔직히 털어놓고 사과하는 동안에도 할아버지는 아무 말도 하지 않았다.

그래서 더더욱 나는 쥐구멍이라도 찾고 싶은 심정이었다.

할아버지가 병을 들고 물끄러미 바라보았다.

"그렇구나…… 네가."

죄송해요, 하고 말하는 목소리가 떨렸다.

할아버지는 병을 테이블에 내려놓았다.

"그런데 왜 사실을 밝히기로 한 거니?"

"이 꽃은 벚꽃이 아니라 아몬드꽃이었어요."

나 대신 미즈타니가 대답했다.

그 말에 할아버지의 눈이 동그래졌다. 그 순간 나는 깨달았다. 미즈타니의 추리는 역시 들어맞았다.

"미즈타니 말로는 할아버지가 아몬드 알레르기일지도 모르니까 차를 마시면 또 큰일날 거라고."

"어떻게 알았니?"

미즈타니는 고개를 숙인 채 도서관 앞에서 내게 설명했던 것과 똑같이 설명했다. 할아버지는 눈을 끔뻑거렸다.

"놀랍구나."

말보다도 그 멍한 표정에서 정말로 놀랐다는 느낌이 전해져 왔다. 하지만 미즈타니는 의기양양해하지도, 겸연쩍어하지도 않았다.

미즈타니는 늘 이렇다. 지금까지도 다양한 문제를 추리력으로 해결해 왔지만 자랑스럽게 으쓱거린 적은 없었다. 어떤 때든 필요한 말만 하고 주변에서 술렁거려도 평정심을 유지하는 미즈타니. 하지만 오늘은 어쩐지 마음이 불편해 보였다.

미즈타니에게도 미안했다.

내가 병을 떨어뜨리지 않았다면, 하다못해 그때 바로 솔직하게 사과했다면.

그랬다면 미즈타니가 이런 표정을 지을 일도 없었다. 할아버지도 알레르기로 고통을 겪지 않았을 테고.

할아버지가 천천히 미즈타니 옆에 쪼그려 앉았다.

"한번 안아 봐도 되겠니?"

미즈타니는 말없이 고개를 끄덕이고 이동가방 뚜껑을 열었다. 기쁜 듯이 울음소리를 내는 새끼 고양이를 꺼내 할아버지에게 넘겨 주었다.

할아버지는 조심스러운 손놀림으로 부서질세라 살짝 받아 들었다. 그리고 그 자리에 주저앉아 새끼 고양이의 목을 쓰다듬었다. 새끼 고양이가 목을 고릉고릉 울렸다. 하지만 할아버지의 얼굴색은 변하지 않았다.

그 차분한 옆얼굴만 봐서는 무슨 생각을 하는지 전혀 읽을 수가 없었다.

화가 났겠지. 나는 어금니를 악물었다.

그냥 벚꽃절임을 엎질렀을 뿐이라면 화나지 않았을지도 모른다. 하지만 나는 그 사실을 숨기려 했다. 어떻게든 몰래 넘어가려고 할아버지를 속였다. 할아버지는 실망했을 것이다. 내가 그딴 거짓말을 하는 손자라는 것, 그리고 무엇보다 할머니의 벚꽃절임을 엎질렀다는 것에 대해서.

할아버지의 얼굴을 더는 보고 있을 수가 없었다. 나는

발끝을 노려보며 주먹을 꽉 쥐었다. 악문 잇새로 오열이 새어 나왔다. 나 자신이 한심했다. 부끄러워 죽을 것 같았다.

그런데 다음 순간, 느닷없이 이마에 건조하지만 따뜻한 감촉이 느껴졌다.

고개를 번쩍 들자 할아버지의 팔이 시야에 들어왔다.

그 틈새로 보인 할아버지의 눈은 내 눈을 보고 있지 않았다. 아주 약간 위쪽을 향하고 있었다. 어디를 보는 건가 싶어 시선만 올리니 이마에 놓인 손바닥에 가로막혔다.

할아버지는 내 머리를 바라보며 작게 말했다.

"……네가, 기억하고 있었구나."

뭘요, 하고 되물으려다가 할머니의 벚꽃절임을 만드는 법이라는 걸 알아차렸다. 할머니의 특기였던 비지 요리를 만들어 보고는 만드는 법을 배워 놓았어야 했다고 한숨을 쉬던 할아버지의 웅크린 뒷모습이 눈꺼풀 안쪽에 떠올랐다.

네, 하고 대답하는 목소리가 내 귀에도 먹먹하게 들렸다.

이윽고 이마로 전해진 바르르 떨리는 감촉을 나는 꼼짝도 하지 않고 가만히 받아들였다.

2부

여름의 '자유' 연구

수영장 가장자리로 올라온 순간, 약아빠졌다니까, 라는 목소리가 들려서 움찔했다. 약아빠진 짓은 안 했는데 싶어 억울한 마음에 나는 얼른 목소리가 들린 곳을 찾았다.
"정말 짜증 나."
비스듬히 뒤편에서 목소리가 들려서 휙 돌아보자 붙어선 야노 양과 고다 양이 저 멀리를 노려보고 있었다.
두 사람이 노려보는 방향으로 눈을 돌렸다.
거기 있는 사람은 가와카미였다.
가와카미는 차양을 친 벤치에 무릎을 끌어안고 앉아 자기 손바닥을 가만히 들여다보고 있었다. 손 모양을 베끼듯이 움직이는 반대쪽 손을 보니 또 그림을 그리고 있는 모양이다.

가와카미는 늘 그림을 그린다.

등교하고 조례가 시작되기 전까지도, 쉬는 시간에도, 때로는 수업 중에도 공책에 그림을 그리다가 선생님에게 주의를 받는다.

다른 여학생들이 가끔 그리는 만화풍 일러스트가 아니다. 연필이나 필통, 고양이, 자기 손, 의자 같은 걸 마치 사진처럼 정밀하게 그린다.

엄청 잘 그린다고 남들이 감탄해도 딱히 반응하지 않고, 그림 좀 그린다고 으스대는 거냐고 화를 내도 안색 하나 바뀌지 않는다.

선생님이 주의를 주면 그림 그리는 걸 중단하지만, 그래도 눈으로는 그리고 있던 사물을 계속 관찰한다.

장래희망을 발표하는 수업 시간에는 꿈이 화가라고 한마디로 딱 잘라 말했다. 교실 전체에 당연히 그렇겠거니 수긍하는 분위기가 퍼졌다. 하지만 선생님이 가와카미는 정말로 그림을 잘 그리니까 꼭 될 수 있을 거라고 말하자 새치름한 표정으로 말없이 자리로 돌아가기에 이런 성격 때문이구나, 하고 생각했던 것이 기억난다.

가와카미는 늘 그림의 세계 속에 있다. 아무도 거기서 끌어낼 수 없다. 그렇기에 모두가 가와카미를 의식하지 않을 수 없는 것이다.

작년 가을에 전학을 온 후로, 여러 아이가 가와카미와 가까워지려다 거부당하기를 되풀이했다.

"선생님도 좀 더 따끔하게 혼을 내면 좋을 텐데."

"하지만 뭐, 에기 선생님은 남자니까."

야노가 목소리를 살짝 낮추어 말하자 고다가 "하지만 남자도 그게 그렇게 자주 오지 않는다는 것 정도는 알잖아, 보통." 하고 역시 작게 대꾸했다.

나는 들어서는 안 되는 이야기를 들은 기분에 고개를 푹 숙였다. 그래도 야노의 날카로워진 목소리가 귀에 들어왔다.

"그나저나 수영 수업을 쉬면 다들 그거 아니냐고 생각할 거잖아? 그게 더 창피하지 않나?"

"수영장에 들어갈 방법은 있을 텐데 말이야. 탐폰을 쓴다든가."

"에이. 얘도 참."

야노가 당황한 듯하면서도 키득거림이 섞인 목소리로 말렸다.

"쉿, 쉿."

"뭐 어때서."

햇볕이 내리쬐고 있어 목덜미가 지글지글 타들어 가는 느낌이었다. 그러고 보니 엄마가 태풍이 지나가서 오늘은 더울 거라고 그랬다.

"하지만 혹시 그걸 썼다가 새어 나와서 남자애들이 보기라도 하면 죽고 싶을 거야."

거기까지 들었을 때 더는 견딜 수 없어서 다른 줄로 이동했다. 남자애들이 몰라야 된다고 생각한다면 그렇게 들리는 목소리로 말하지 않으면 좋겠다.

귀가 빨개진 것 같아서 수영모를 고쳐 쓰는 척하고 있자니 순번이 돌아왔다.

나는 이제야 살았다는 심정으로 수영장에 들어갔다. 삑, 하는 호루라기 소리를 신호로 힘껏 잠수하자 차가운 물이 기분 좋게 느껴졌다.

미술시간은 언제나 약간 설레고, 언제나 약간 실망스럽다.

그림이든 만들기든 이렇게 해보고 싶다는 머릿속 계획이 도무지 잘 실현되지 않기 때문이다.

아주 멋진 아이디어를 떠올리고 시작했을 때까지만 해도 순조롭다. 남에게 보여 주기 위해서라기보다 나 자신이 보고 싶어서 완성되기를 고대하며 열심히 손을 움직인다. 하지만 어느 순간, 고개를 갸우뚱하게 된다.

내가 어디서 뭘 잘못했는지 모르겠다.

하지만 머릿속으로 상상했던 완성작과 눈앞의 작품은 분명 동떨어져 있다.

모양? 색깔? 원인을 찾으며 조금씩 수정하지만, 이래서는 완성작에 다다를 수 없다는 걸 머리 한구석으로는 안다. 이렇게 저렇게 수정하다 보면 내가 원래 어떤 작품을 목표로 했는지도 알쏭달쏭해진다. 뭐, 이 정도면 됐다고 포기했을 즈음에 종이 울린다.

나는 여느 때처럼 고개를 갸우뚱하며 팔레트에 그림물감을 짜고, 붓으로 빙글빙글 문질러 섞었다.

어쩐지 조금 더 어두워야 할 것 같아서 검은색 물감을 더했다가, 너무 까매져서 빨간색 물감을 집었다.

지금 내가 그리고 있는 건 작업대에 놓인 사과다.

미술실뿐만 아니라 수업 중인 교실을 제외하면 어디든지 원하는 곳에 가서 원하는 걸 그려도 된다고 했지만, 선생님이 본보기로 설명한 게 사과라서 이걸 제일 잘 그릴 수 있을 것 같았다.

미술실 한가운데 놓인 사과 주변에 반 아이들 대부분이

원을 그리듯 빙 둘러앉아 있었다.

개중에는 가와카미도 있었다.

어떻게 그리는지 궁금해서 고개를 내밀자, 가와카미의 그림 외에 다른 것들은 한순간 시야에서 사라졌다.

— 어떻게.

내가 그리려는 사과와 똑같은 사과를 그리고 있을 것이었다.

같은 시간에, 같은 연필과 그림물감으로 그린 그림.

그런데도 믿기지 않을 만큼 내 그림과는 완전히 달랐다. 나처럼 사과만 그리는 게 아니라, 그 밑에 있는 그림자와 흠집이 가득한 작업대의 나뭇결, 더 나아가 뒤쪽에 있는 배경까지 꼼꼼하게 그려 넣었다.

사진이 아닐까 의심스러울 정도로 모양과 색깔이 진짜와 똑같지만, 왠지 진짜보다 더 진짜 같았다.

진짜는 그저 작업대에 놓여 있는 사과에 불과해 자세히 보려고 해도 시선이 다른 곳으로 가기 일쑤인데, 가와카미가 그린 사과에서는 눈을 뗄 수가 없다.

그림 속 사과가 맛없어 보여서 진짜 사과를 보자 확실히 맛없게 느껴졌다. 수업 때 계속 사용해서인지 달리 주름이 지거나 상처가 있는 것도 아닌데 어쩐지 시들시들

해 보였다.

불그스름한 부분도, 노르스름한 부분도, 거무스름한 꼭지 부분도 전체적으로 칙칙한 느낌이라 그 '스름'한 느낌과 칙칙한 느낌을 어느 물감을 조합해 만들어 내야 할지 모르겠다.

그러고 보니 예전에 가와카미가 그린 고양이 그림을 보았을 때 보드라운 털의 감촉과 체온까지 전해질 듯했던 것이 기억났다. 동그랗고 커다란 눈동자가 반짝반짝 빛났고, 살짝 쳐든 앞발은 당장이라도 움직일 것 같았다. 할아버지 집에서 처음으로 고양이를 안아 보았을 때, 가와카미의 그림에서 받은 느낌과 똑같아서 놀랐던 것까지 머릿속에 되살아났다.

내 그림으로 시선을 돌리자 빨간색과 검은색 그림물감을 섞어 놓았을 뿐인 둥그런 덩어리가 있었다.

다른 그림을 그릴 걸 그랬다 싶어 미술실을 다시 둘러보았다.

사과 주변을 둘러싼 원 밖에는 사슴뿔을 그리는 아이들과 관엽식물을 그리는 아이들, 밖에서 그린 경치에 색깔을 칠하는 아이들이 있었다.

그 가운데 빈자리가 하나 보였다. 나는 그제야 미즈타

니의 모습이 보이지 않는다는 걸 깨달았다.

책상에는 그림과 팔레트, 붓이 고스란히 놓여 있었다.

운동장에 있는 나무를 그린 것 같았다.

거칠거칠한 갈색 줄기 앞에 검은 기가 도는 가느다란 나뭇가지가 쭉 뻗어 있다. 그 위에 그린 나뭇잎에는 아직 색칠을 하지 않았다.

창가로 가서 그 나무를 내려다보자 미즈타니가 있었다. 미즈타니는 진지한 표정으로 나무를 유심히 보는 중이었다. 떨어진 나뭇잎을 하나 주워 관찰하듯이 가까이에서 보거나 빛에 비춰 보기도 했다. 가와카미가 자주 하는 동작과 흡사해서 어쩐지 그림을 아주 잘 그리는 사람 같아 보였다.

미즈타니는 나와 마찬가지로 그렇게 그림을 잘 그리는 편은 아니다. 하지만 분명 조금도 그 점을 마음에 두고 있지 않을 것이다.

야, 하고 속삭이는 목소리가 들려서 휙 돌아보았다. 하지만 누구와도 눈이 마주치지 않았다.

잘못 들었나 싶어 고개를 돌리려던 차에 야노가 가와카미 옆에 서 있는 모습이 보였다.

아까 수영장 가장자리에서 들은 이야기가 머리를 스

쳤다.

찜찜한 예감이 들었다. 쉬는 시간에 늘 반의 중심에 자리 잡고 앉아 자기와 비슷하게 활발한 여자애들과 큰소리로 웃고 떠드는 야노와, 대체로 혼자 자리에 앉아 그림을 그리는 가와카미가 직접 이야기를 나누는 건 보기 드문 일이다.

무슨 소리를 하려는 걸까 걱정하며 내가 자리로 돌아오는 것과 거의 동시에 야노가 아까보다 조금 더 크고 강한 목소리로 야, 가와카미, 하고 불렀다.

어쩐지 다그치는 듯한 그 목소리에, 가와카미를 사이에 두고 내 반대편에 있던 구보 군도 고개를 들었다.

야노 옆에 고다는 없었다. 미술실을 둘러보자 구석에 있던 고다도 놀란 듯한 표정이었다.

— 그렇다면 둘이서 짜고 이야기를 하러 온 건 아닌가.

"야, 좀."

허리를 구부린 야노가 가와카미의 귓가에 입을 가까이 대고 다시 불렀다.

하지만 가와카미는 고개를 들지 않았다.

야노의 귀가 벌게졌다.

큰일 났다. 가와카미 입장에서는 그림에 집중하고 있

을 뿐이겠지만, 야노를 일부러 무시하는 모양새가 되고 말았다.

"가와카미."

몇 명이 더 고개를 들었다.

나도 엉거주춤 일어섰다. 가와카미에게 야노가 부른다고 알려줘야겠다 싶었다. 불렀다는 걸 진짜로 모르는 가와카미도, 가와카미가 일부러 무시하는 게 아니라는 걸 모르는 듯한 야노도 알 수 있도록.

하지만 내가 "가와카미." 하고 부른 순간, 야노가 갑자기 물통이 놓여 있는 의자를 걷어찼다.

"아."

물통이 확 엎어지며 그림물감으로 물든 물이 가와카미에게 쏟아졌다.

"으아!"

구보가 소리치며 벌떡 일어났고, 한 박자 늦게 뒤쪽에서 "꺅!" 하고 여자애의 비명이 들렸다.

그게 신호였던 것처럼 미술실이 소란스러워졌다.

어, 뭐야, 무슨 일인데.

방금 야노가 갑자기 물통을 뒤집어엎었어.

어머, 너무해.

야, 이쪽까지 튀었잖아.

이쪽으로 흐른다!

와, 사고 쳤네!

"지금 뭐 하는 거야!"

선생님이 목소리를 높이자 한순간 조용해졌다가, 그 공백을 메우듯 아이들이 저마다 설명하기 시작했다.

야노가 가와카미에게 물을 끼얹었어요.

가와카미는 가만히 있었는데 갑자기.

제 그림에도 튀었다고요!

에고, 흠뻑 젖었네.

에이, 이게 뭐야.

도중에 또 설명 말고 다른 말이 끼어들기 시작하자 선생님이 "야노." 하고 엄한 목소리로 나섰다.

"정말로 네가 그랬니?"

야노는 고개를 숙인 채 대답하지 않았다. 예쁜 리본으로 묶은 머리카락 사이로 보이는 귀가 새빨갰다.

"야노가 그랬대요!"

"선생님은 야노에게 묻고 있어요."

구보가 신난 목소리로 끼어들자 선생님이 말을 딱 잘랐다. 구보는 불만스러운 표정으로 잘못한 건 야노인데, 하고 옆에 있는 미쓰이 군에게 투덜거렸다.

"봐, 내 그림에도 튀었는걸."

하지만 미쓰이가 "오히려 더 멋있어졌는데." 하자 "아, 그래?" 하며 대번에 표정이 풀렸다.

"야노."

선생님은 야노 앞에 쪼그리고 앉아 얼굴을 들여다보았다.

"말해 보렴, 아이들 이야기가 맞니?"

거듭 묻자 야노는 아주 살짝 고개를 위아래로 움직였다.

"왜 그랬어?"

하지만 더는 입을 열지 않았다.

입을 꾹 다문 채 자기 발끝만 노려보았다.

선생님은 일어서서 허리에 손을 대고 가와카미를 돌아보았다.

"가와카미, 괜찮니?"

가와카미의 얼굴에는 아픔을 참는 듯한 표정이 희미하게 맺혀 있었다. 하지만 선생님이 "어디 아프니?" 하고 묻자마자 표정을 싹 지우고 "괜찮아요."라고 대답했다.

"일단 체육복으로 갈아입자."

선생님이 가와카미의 팔을 잡고 일으킨 순간, 야노가

흠칫하며 고개를 들어 가와카미를 보았다.

가와카미가 입은 연한 하늘색 치마의 허리부터 엉덩이까지 빨간색과 갈색이 섞인 듯한 탁한 색깔로 더러워졌다.

그뿐만 아니라 검은색 5부 소매 카디건에서도 더러운 물이 뚝뚝 떨어졌다.

— 너무해.

"걱정하지 마, 수채물감이니까 얼른 빨면 지워질 거야."

선생님이 위로했지만 언제 울음을 터뜨려도 이상할 것 없는 상황이었다.

하지만 가와카미는 울상을 짓지 않고 그저 자기가 그리던 그림만 바라보았다.

"자, 얼룩이 남기 전에 빨리."

선생님이 가와카미의 등을 밀었다. 그래도 가와카미는 몇 초 더 그림을 바라보고 나서야 시선을 돌리고 걸음을 옮겼다.

"야노도 따라오렴."

야노는 바로 선생님 지시에 따랐다. 셋이서 미술실 밖으로 나갔을 때 선생님만 돌아보았다.

"오늘 당번 누구니?"

후지이 양과 사이토 군이 얼굴을 마주 보며 손을 들었다.

"미안한데 둘이서 바닥 좀 닦아 줄래?"

후지이는 "네." 하고 대답했지만 사이토는 "에이, 왜 내가." 하고 입을 삐죽 내밀었다. 선생님이 미간에 주름을 꾹 잡았다.

생각에 잠긴 듯 잠시 입을 다물었던 선생님이 알았어, 하고 한숨을 섞어 말했다.

"바닥은 나중에 야노가 닦도록 해요. 그럼, 다들 조용히 그림 그리고 있어요."

선생님이 가와카미와 야노를 데리고 나가자 아이들은 당연하다는 듯이 가와카미 자리 주변에 모여 떠들기 시작했다.

결국 뭐가 어떻게 된 거야?

나중에 닦으라니, 이대로는 그림 못 그리는데.

야노가 왜 그런 걸까. 고다, 혹시 알아?

질문을 받은 고다는 고개를 저었다.

"나도 몰라."

고다는 정말로 혼란스러운 것 같았다.

난감한 듯한 표정으로 더러워진 바닥과 가와카미의 그림을 바라보았다.

나도 가와카미의 그림을 보았다.

사과는 무사했다.

하지만 작업대를 그린 도화지 끄트머리 쪽에 물이 튀었다.

고다가 호주머니에서 꺼낸 손수건의 가장자리로 그림에 튄 물을 살짝 눌렀다. 손수건으로 그림을 부드럽게 통통 두드리는 손놀림이 어쩐지 아주 어른스러워 보였다.

고다가 손수건을 떼자 얼핏 봐서는 모를 만큼 물자국이 희미해졌다. 고다는 숨을 짧게 내쉬고 수돗가로 향했다. 손수건을 가볍게 헹궈서 창틀에 넌 후에 걸레를 집었다. 그리고 가와카미 자리로 돌아와 치마를 무릎 사이에 끼우고 앉아 바닥을 닦기 시작했다.

"어, 안 돼. 선생님이 야노한테 시키겠다고 했는데."

"시끄러워, 멍청아."

오키 군의 놀림을 받아치자 오키가 어휴, 무서워라, 하고 몸을 부르르 떠는 시늉을 했다. 고다는 더는 아무 말 없이 재빨리 바닥을 닦더니 다시 수돗가로 향했다.

그리고 이번에는 시간을 들여 걸레를 빨기 시작했다.

어쩐지 불안한 듯이, 하지만 아무도 말을 걸지 말라고 등으로 주장하듯이.

그 모습을 보자 뭘 어떻게 받아들이면 될지 더더욱 알

수가 없어졌다.

야노는 왜 가와카미에게 물을 끼얹은 걸까. 무시당해서 발끈한 걸까, 아니면 역시 수영장에서 이야기했던 내용과 관련이 있는 걸까.

수영장에서 들은 그것이라는 표현이 무엇을 의미하는지는 나도 짐작이 간다. 하지만 그 때문에 화가 난다는 것이 마음에 딱 와 닿지 않는다. 내가 모를 뿐 여자애들에게는 용납할 수 없는 일인 걸까.

— 아니면 아까 내가 좀 더 빨리 부를 걸 그랬나.

생각이 머릿속을 빙글빙글 맴돌고 가슴이 답답해졌다.

누군가 가르쳐 줬으면 했지만 알 법한 사람이 없다. 미즈타니는 아직 돌아오지 않았다.

결국 나는 선생님과 두 사람이 돌아오기를 기다리는 수밖에 없었다. 선생님이나 야노가 이유를 설명해 주기를.

하지만 돌아온 선생님은 그림물감 튜브가 떨어져 있는 걸 보고 야노가 알려 주려 했을 뿐이며, 말을 걸어도 못 들은 가와카미의 어깨를 두드리려고 다가갔다가 실수로 물통을 엎어뜨린 거라고 설명했다.

그런 말도 안 되는 소리가 어디 있나 싶었다. 아까는 분명 일부러 노리고 걸어찬 느낌이었다.

하지만 나 말고는 그렇게 생각하는 사람이 없는 건지, 아니면 나와 동감이지만 말을 못 하는 것뿐인지 아무도 이의를 제기하지 않았다.

"야노는 가와카미에게 똑바로 사과했고, 가와카미도 사과를 받아들였으니까 이제 이 이야기는 끝이에요. 여러분도 이번 일로 야노나 가와카미에게 뭐라고 하지 말도록."

선생님은 단호하게 말하더니 자, 하고 화제를 바꾸겠다는 듯 손뼉을 쳤다.

"그럼 곧 수업 끝날 테니 다들 도구를 정리하렴."

"선생님, 아까 고다가 맘대로 바닥을 닦았대요." 오키가 끝이 늘어지는 목소리로 일러바쳤다. 선생님은 "어머나, 고다 고마워." 하고 무덤덤하게 답한 후 미술실 입구에 가만히 서 있는 가와카미와 야노를 재촉하듯 살짝 밀었다.

체육복을 입은 가와카미는 조용히 자리로 돌아갔고, 야노에게는 고다가 뛰어갔다. 야노의 굳은 얼굴이 살짝 풀렸다.

야노는 분명 고다에게 진짜 이유를 말해 주겠지.

하지만 나는 영영 몰라서 답답한 마음을 잊어버리려고 노력하는 수밖에 없다.

붓과 팔레트를 들고 수돗가로 가는데 미술실 입구로 미

즈타니가 들어왔다.

"미즈타니."

나는 미즈타니에게 달려갔다. 방금, 하고 말하려다 멈췄다.

"……나중에 말해 줄게."

"그래, 알았어."

미즈타니는 내 마음을 이해한 듯 군소리 없이 자기 자리로 향했다.

과연, 하고 미즈타니는 코 밑을 손가락으로 문질렀다.

"확실히 수수께끼 냄새가 나는걸."

특유의 대사를 하고는 가슴 앞에 팔짱을 꼈다.

방과 후 운동장, 땅에 반쯤 묻힌 채 줄지어 놓인 타이어에 나와 미즈타니 단둘이 앉아 있는 것까지 모두 익숙한 광경이다.

나는 타이어에서 엉덩이를 들며 몸을 내밀었다.

"뭔가 알아냈어?"

"넌 날 정보를 넣으면 대답이 나오는 기계처럼 여기는 경향이 있어."

미즈타니는 기분이 상했다기보다 단순히 분석하는 투

로 말했다. 나는 미안하다고 사과하고 나서 그런데, 하고 말을 이었다.

"네 생각은 어때?"

"뭐, 파헤치지 않는 편이 낫겠지."

"어째서?"

미즈타니가 고개를 살짝 갸웃했다.

"반대로 물을게. 수습된 일을 다시 문제 삼아서 좋을 게 있을까?"

"아니, 없는데……."

그래, 미즈타니의 말이 옳다.

가와카미와 야노가 이야기를 해서 서로 납득하고 넘어갔다면, 선생님 설명이 진짜든 아니든 제삼자인 내가 이러쿵저러쿵 따질 문제가 아니다. 내가 괜히 파고들다가는 가와카미의 마음에 더 큰 상처가 생길지도 모른다.

"하지만…… 너무하잖아."

"즉, 의분에 사로잡힌 거로군."

"의분?"

"도의에 어긋난 일이나 불공정한 일에 느끼는 분노."

사전에 실린 설명을 기억하고 있는 것처럼 미즈타니가 설명해 주었다. 도의라는 말도 역시 잘 모르지만 불공정은 안다.

"음, 불공정한 것과 관계가 있는지는 모르겠지만."

"모르겠어서 마음이 찝찝해?"

"음, 뭐, 그렇지."

그렇구나, 하고 미즈타니는 턱을 쓰다듬었다.

"선생님 말처럼 진짜 실수로 물통을 엎어뜨렸을 뿐이라면 그렇게 너무하지 않을지도 모르지만 네가 보기에 그건 진실이 아닌 것 같고, 그렇다고 수영장에서 들은 이야기가 원인이라고 하기도 애매하다. 뭐가 진짜 이유인지 모르니까 너무하다고 여기는 건 잘못일 수도 있지만, 일단 더러운 물을 덮어쓴 건 불쌍하니까 너무하다."

미즈타니가 술술 말했다.

"정말로 너무한 일인지 아닌지 모르면서, 일단 너무하다고 여기는 상태가 찝찝하니까 진실을 알고 싶다."

"응, 그거야."

나는 고개를 끄덕이며 역시 미즈타니는 대단하다 싶었다. 어쩌면 이렇게 나 자신도 말로 잘 표현하지 못하는 기분을 알아맞히는 걸까.

미즈타니는 "이야기를 들려 주는 네가 어떤 기분으로 그 현장을 목격했는지를 정리하는 건 중요한 일이야." 하고 당연하다는 듯이 말했다.

나는 고개를 갸웃했다.

"중요해?"

"본 걸 있는 그대로 말하겠다고 마음먹어도 그 사람이 품은 인상에 따라 이야기 속에 나오는 정보는 달라지는 법이거든."

미즈타니는 집게손가락을 세우고 말했다. 마치 명탐정의 철칙을 조수에게 가르쳐 주기라도 하는 것처럼.

그래서 나도 본 걸 있는 그대로, 라고 속으로 중얼거렸다.

확실히 그럴지도 모른다. 그림도 내 딴에는 본 걸 있는 그대로 그릴 작정이었는데, 완성된 그림은 전혀 있는 그대로가 아니었다.

"가와카미는 분명 미술실, 칠판을 북쪽이라고 하면 동쪽에서 그림을 그리고 있었지. 야노는 어디서 뭘 그리고 있었어?"

"글쎄……."

나는 시선으로 허공을 더듬었다. 기억을 헤집었지만 야노가 원래 어디에 있었는지는 아예 생각이 나지 않았다.

"그럼 갈까."

미즈타니가 타이어에서 내려와 학교 본관 쪽으로 걸어갔다.

"어디 가려고?"

"미술실."

미즈타니는 걸음을 늦추지 않고 앞만 본 채 답했다.

"미술실에 뭔가 놓고 왔다는 핑계로 선생님한테 들여보내 달라고 할 거야."

"뭐 하러 가는데?"

"한 가지 더."

미즈타니는 다시 집게손가락을 세웠다.

"아무튼 일단 현장부터 갈 것."

미즈타니는 교무실로 가서 미술실에 지우개를 놓고 왔다고 말했다.

선생님은 내일 찾으라고 했지만 지우개가 한 개밖에 없어서 이대로는 숙제를 못 한다고 물고 늘어져서 열쇠를 빌렸다.

얼른 미술실로 가서 미완성된 아이들 그림을 늘어놓은 작업대로 주저 없이 다가갔다.

"야노가 그린 그림을 찾아."

미즈타니가 그림을 훑어보며 짤막하게 지시했다.

나는 미즈타니 반대편에서 가장자리가 조금 올록볼록한 도화지를 한 장씩 넘겼다.

두 번째 줄 제일 밑에 있는 도화지를 뒤집었을 때 '야노 미나미'라는 글씨가 보였다.

"찾았어."

고개를 들자 미즈타니는 가와카미가 그린 그림을 보고 있었다. '가와카미 지에'라고 뒷면에 적힌 도화지를 돌려놓고 내 앞으로 와서 야노의 그림을 받아 들었다.

야노의 그림에는 관엽식물이 그려져 있었다.

진한 녹색 이파리에 연한 녹색으로 무늬를 그려 넣었다. 진짜와 얼마나 비슷한지는 모르겠지만 제법 잘 그렸다.

그러고 보니 사과나 사슴뿔 말고 관엽식물을 그린 아이들도 있었다는 것이 기억났다.

"관엽식물은 저쪽에 놓여 있었어."

미즈타니가 칠판 옆쪽 구석을 가리켰다.

거기는 내가 앉았던 자리에서도 보이는 곳이었다. 하지만 사과에 집중하면 시야에서 완전히 벗어난다.

"가자."

미즈타니가 그림을 되돌려 놓고 미술실을 나섰다. 나는 쫓아가며 "뭔가 알아냈어?" 하고 물었다.

"일단 열쇠를 반납하고 나서."

미즈타니는 익숙한 손놀림으로 문을 잠그고 교무실로 발걸음을 옮겼다. 나는 책가방 어깨끈을 붙잡고 따라갔다.

복도를 걸어가는 동안 미즈타니는 아무 말도 없었다.

이럴 때는 말을 걸지 않아야 한다는 것을 나는 경험으로 안다. 지금 미즈타니는 분명 머릿속으로 다양한 정보를 정리하고 있을 것이다.

교무실에 가서 열쇠를 반납한 후 미즈타니는 교문으로 향했다. 방금까지 우리가 앉아 있던 타이어가 있는 곳에서는 다른 학년 여학생들이 말뚝박기를 하고 있었다.

나는 종종걸음으로 미즈타니 옆에 나란히 섰다. 그래도 미즈타니는 앞만 보고 성큼성큼 걸어갔다. 그렇게 한동안 걸어가다 갑자기 통학로가 아닌 길로 꺾어 들었다. 어디 가는지 물어보려고 입을 벌린 순간, 미즈타니가 갑자기 발을 멈췄다.

"가능성은 몇 가지 있겠다 싶었지."

미즈타니가 혼잣말하듯 이야기를 시작했다.

— 시작됐다.

나는 책가방 어깨끈을 잡은 손에 힘을 주었다.

"일단은 네가 수영장에서 들었다는 이야기야. 하지만

가와카미가 꾀병으로 쉬었다고 생각해서 화가 났다고 쳐도, 느닷없이 물을 끼얹는 건 아무래도 너무 심해. 그럼 그 밖에 무슨 이유가 있을까."

미즈타니는 가드레일에 걸터앉았다.

"다음으로는 가와카미의 그림 배경에 야노가 그려져 있었을 가능성을 생각해 봤지. 배경에 그려진 자신의 모습이 보기 싫어서 지우라고 말하러 갔지만, 아무리 불러도 반응이 없으니까 발끈해서 물통을 뒤집었다."

나는 생각지도 못했던 지적에 숨을 삼켰다.

하지만 듣고 보니 그럴싸한 가설이었다. 귀가 벌겋게 달아오른 채 소리 죽여 몇 번이나 가와카미를 부르던 야노는 분명 뭔가에 조바심을 내는 것처럼 보였다.

"하지만 가와카미의 그림은 사과에 초점이 맞추어져 있었고, 배경은 그다지 선명하게 그리지 않았어. 더구나 야노는 가와카미 뒤쪽에 앉아 있었으니까 배경에 포함될 리도 없었지."

"아."

내게서 얼빠진 목소리가 새어 나왔다.

— 그러고 보니 그렇네.

그럴싸한 가설이라고 반쯤 수긍했던 게 부끄러웠다.

"그리고 각자 사과와 관엽식물을 대상으로 완전히 다른 그림을 그렸다는 사실에서 또 다른 가능성도 부정됐어."

"또 다른 가능성?"

내가 고개를 갸웃하자 미즈타니가 나를 보았다.

"네가 그랬잖아. '내가 그리려는 사과와 똑같은 사과를 그리고 있다는 게 믿기지 않을 만큼 내 그림과는 완전히 다르다. 다른 그림을 그릴 걸 그랬다.'라고."

"그게 어쨌는데?"

"기껏 열심히 그렸는데 가와카미가 이렇게 잘 그리면 내 그림이 엉망으로 보인다. 가와카미의 그림만 없으면……."

"난 그런 생각 안 했어!"

나는 당황해서 말을 막았다.

"그야 다른 그림을 그릴 걸 그랬다고는 생각했지만, 그렇다고 가와카미의 그림이 없으면 좋겠다는 생각은."

"너야 안 했겠지."

미즈타니가 안경 위치를 바로잡으면서 말했다.

"하지만 모두가 너처럼 생각하는 건 아니야."

"그런……."

"뭐, 하지만 이 가능성은 부정됐으니까."

미즈타니는 무덤덤하게 말하더니 다시 앞을 보고 앉음새를 바로 했다.

나는 고개를 숙였다가 몇 초 후에 다시 들었다.

"그럼, 결국 뭐가 진짜 이유였던 건데?"

미즈타니는 이건 추리라기보다 추측의 영역에 지나지 않는다고 양해를 구하고 나서 "역시 네가 수영장에서 들은 이야기가 원인 아니었을까." 하고 말했다.

"내가 수영장에서 들은 이야기? 가와카미가 꾀병으로 쉰다고 생각해서 그랬다는 거야?"

"아니, 그 반대야."

미즈타니는 앞을 보고 말했다.

"꾀병으로 쉰다고 생각했기 때문이 아니라, 역시 꾀병이 아니었다고 생각했기 때문에."

— 꾀병이 아니었다고 생각했기 때문에?

"꾀병이 아니었다고 생각했다면 화낼 이유도 없어지는 거 아냐?"

"예를 들어, 만약에 가와카미의 치마 허리 부분이 피 같은 색깔로 더러워졌다면?"

"피?"

"생리 말이야."

미즈타니는 망설임 없이 그 단어를 입에 담았다.

"가와카미는 몸 상태가 안 좋다면서 수영 수업을 쉬었어. 그리고 야노는 생리를 핑계로 꾀병을 부린다고 생각했지. 수영 수업 때는 그렇게 자주 생리가 올 리 없으니 꾀병일 거라고 짐작한 모양이지만, 나중에 치마에 묻은 얼룩을 보고 정말로 생리가 와서 피가 새어 나온 게 아닐까, 하고 생각한 거야."

거기까지 단숨에 말하고는 잠시 숨을 돌렸다.

"야노의 자리는 가와카미의 자리 바로 뒤편이었어. 어쩌다가 눈치를 채고 가와카미에게 알려 주기 위해 살그머니 가서 말을 걸었지. 그런데 아무리 불러도 가와카미는 반응이 없었어. 그러는 사이에 주변에 있던 아이들이 먼저 고개를 들었지."

나는 눈이 동그래졌다.

"'새어 나와서 남자애들이 보기라도 하면 죽고 싶을 거야.' 그런 마음을 품고 있던 야노는 당황했지. 이대로 가면 남자애들한테 들킨다. 그건 불쌍하다. 어떻게든 빨리 알려 줘야겠다 싶어서 안달이 났을 때, 남자애 한 명이 가와카미를 불렀어."

― 남자애, 나다.

"야노는 순간적인 기지를 발휘해 빨간색과 갈색이 섞인 탁한 물을 가와카미에게 끼얹었어. 그러면 빨간 얼룩이 있어도 그림물감 때문이라고 생각할 테니까."

야노는 가와카미에게 심술을 부린 것이 아니었다.

오히려 도와주려고 했다.

머릿속이 빙글빙글 돌았다. 그렇게 험담을 했으면서. 그런데 자기가 혼나면서까지 도와주려고 하다니.

내게는 모순된 행동으로 느껴질 뿐이었다.

하지만 그러고 보니 고다도 가와카미의 그림을 닦아 주었다. 선생님이 가와카미와 야노를 데리고 나간 후, 걸레가 아니라 자기 손수건으로 꼼꼼하게. 고다는 물자국이 보이지 않을 만큼 희미해진 후에야 안심한 듯 숨을 푹 내쉬었다.

"……내가 가와카미를 부르지 않았다면."

"뭐, 어쨌거나 가와카미는 자기를 부르는 줄 몰랐으니 결국은 같은 결과가 나왔을지도 모르지."

갑자기 미즈타니가 말을 멈췄다.

나는 왜 그러나 싶어 고개를 들었다.

미즈타니는 내 뒤편을 보고 있었다. 미즈타니답지 않게 동요한 표정으로. 흠칫 놀라 뒤를 휙 돌아본 순간 나는 굳어 버렸다.

우리 뒤에 가와카미가 서 있었다.

가와카미는 물을 덮어쓰기 전과 똑같은 차림새였다.

연한 하늘색 치마에 아이스크림 그림이 그려진 티셔츠와 검은색 카디건. 선생님이 빨아서 말려 주었는지, 완전히 말라서 아무 일도 없었던 것처럼 멀쩡했다.

― 방금 우리가 하고 있던 이야기를 들었다면.

일을 감추려고 애썼던 야노의 노력도 도로아미타불이다.

하필이면 남자애인 우리가 이런 이야기를 하고 있었다니.

― 내가 진짜 이유에 연연하는 바람에.

"미즈타니는 정말 뭐든지 다 아는구나."

가와카미가 작은 목소리로 말했다.

"뭐든지 다 아는 건 아닌데."

미즈타니도 약간 우물거리는 목소리로 대답했다.

하지만 머뭇머뭇 고개를 들자 가와카미는 평소와 다름없이 차분한 표정이었다. 그 모습에 일단 안심한 후 생각했다. 뭐든지 다 안다는 말은 역시 미즈타니의 추리가 맞았다는 걸까.

"저어, 미즈타니."

가와카미가 미즈타니만 보고 입을 열었다.

"좀 상의하고 싶은 일이 있는데."

"상의?"

미즈타니가 고개를 갸우뚱했다.

나는 가와카미를 빤히 바라보았다.

미즈타니에게 상의하러 오는 사람은 적지 않다. 야, 신, 어떻게 하지. 다들 그런 식으로 예사롭게 도움을 요청한다.

아침에 책가방에 넣은 숙제가 없어. 누나랑 싸웠는데 말이야. 피아노를 그만둘지 말지 고민이야. 엄마는 안 된다지 나도 조금 아깝기는 한데, 어쩌면 좋을까?

그냥 푸념에 지나지 않는 이야기도 많지만 그래도 미즈타니는 늘 진지하게 응한다. 실제로 다들 해결책을 알고 싶다기보다 미즈타니가 이야기를 들어 줬으면 하는 마음이 아닐까 싶기도 하다.

하지만 그렇기에 가와카미가 미즈타니와 상의하고 싶다는 건 의외였다. 애당초 상의는커녕 가와카미가 남에게 먼저 말을 거는 모습을 거의 본 적이 없다.

가와카미는 턱을 당기듯이 고개를 끄덕했다.

"아버지가 파친코 게임장에 못 다니게 하고 싶어."

"파친코?"

나는 무심코 따라서 말했다.

뭐랄까 몹시 예상외의 단어였다.

물론 거리에는 파친코 게임장이 여러 개고, 그 앞을 지나간 적도 많다. 하지만 그 장소를 의식하거나 입에 담은 적은 없었다. 그저 어른 중 일부가 가는 장소라는 뜻이 담긴 다른 세상의 말이었다.

하지만 가와카미는 "응, 파친코." 하고 당연하다는 듯 다시 한번 말했다

"파친코만 그만두면 일도 찾을 테니까."

"지금은 일 안 해서?"

"그게 좀…… 눈이 안 좋거든."

미즈타니의 질문에 가와카미는 눈을 내리뜨고 대답했다. 미즈타니는 잠시 생각하는 듯한 표정을 지은 후 "눈은 옛날부터?" 하고 다시 물었다.

가와카미는 고개를 저었다.

"이 년쯤 전에 눈병이 나서."

"파친코는 할 수 있다니 전맹(全盲)은 아닌가 보네."

"명칭이 뭔지는 잘 모르겠지만."

가와카미는 미간을 살짝 모았다.

"눈이 안 좋다고 해도 전혀 보이지 않는 건 아니야. 그냥

뭐랄까, 시야가 아주 좁아진 것 같은 느낌?"

그렇구나, 하고 미즈타니가 맞장구를 쳤다.

"그래서 일을 그만두신 거야?"

"응."

"엄마는?"

"내가 어릴 때 병으로 돌아가셨어."

나는 대화에 끼어들지 못했다. 가와카미가 미즈타니만 쳐다보고 있어서이기도 했지만, 그보다 무슨 말을 해야 좋을지 몰랐기 때문이다.

아빠가 병으로 일을 그만뒀다는 것도 엄마가 돌아가셨다는 것도, 내 일상과는 너무나 동떨어져 나로서는 상상도 못 할 만큼 무서운 이야기였다.

감정을 드러내지 않고 그런 이야기를 하는 가와카미가 실은 어떤 기분일지 모르기에, 해도 괜찮은 말을 찾을 수가 없었다.

"아버지도 그만두려고는 해."

가와카미는 깔쭉깔쭉한 손톱 끝부분을 만지작거리며 말했다.

"다시는 하지 않겠다고 몇 번이나 다짐했고, 다음 날 아침에 안 가려고 밤에 술을 잔뜩 먹기도 하거든."

거기까지 말하고는 우리를 보았다. 나는 가슴이 약간 철렁했다. 가와카미와 눈을 마주친 건 처음이었다.

"어, 그러니까 파친코는 게임장이 열기 전부터 줄을 서서 좋은 게임기를 택해야 해. 늦잠을 자는 순간 끝이니까, 그러면 체념하고 안 가지 않을까 해서 술을 먹는 거야."

가와카미가 설명해 주었지만 나는 더 이해가 되지 않았다. 그만두려고 마음먹었다면, 안 가면 그만 아닌가.

"그렇게 해서 겨우 안 가는 날도 있지만 역시 또 가더라고. 게임장이 여는 시간이 가까워지면 안절부절못하다가, 일단 오늘은 밖에서 상황만 보겠다며 게임장에 가서는 천엔만 쓸 거라고 하고 들어가. 일단 들어가면 평소랑 똑같지. 기왕 왔으니 하다못해 한 판 딸 때까지만, 기껏 땄는데 여기서 그만두면 아깝다, 이래서는 본전도 못 찾으니까 하다못해 본전을 찾을 때까지만."

가와카미는 마치 뭔가를 낭독하듯이 술술 말했다.

"가끔 경품으로 과자나 주스, 컵라면 같은 걸 가지고 올 때도 있지만 분명 거의 다 잃었을 거야."

거기서 다시 우리를 견주어 보듯이 바라봤다.

"처음 다녔던 게임장은 출금을 당했는지 그 근처 다른 게임장에 다니게 됐는데, 거기 다닌 뒤부터 잃는 횟수가 더 늘어난 것 같아."

"출금?"

내가 되묻자 "출입금지." 하고 짧게 대답했다.

"아무튼 게임장에 들어가면 말짱 도루묵이야."

가와카미가 입을 다물었다.

두 입술을 꼭 붙인 그 모습에, 그러고 보니 가와카미가 이렇게 말을 많이 하는 것도 처음 봤다는 사실을 깨달았다.

늘 필요한 말밖에, 때로는 필요한 말도 하지 않는 가와카미.

그런 가와카미가 속마음을 털어놓고 도움을 요청했다.

힘이 되어 주고 싶었다.

가와카미는 모두의 신인 미즈타니에게 상의한 것이리라. 하지만 나도 어떻게든 힘이 되고 싶다.

나는 주먹을 불끈 쥐었다. 방금 가와카미에게 들은 이야기를 머릿속으로 되새겼다.

일도 하지 않고 파친코 게임장에 붙어산다는 가와카미 아빠. 본인도 그만두려고는 하지만 체념할 만한 상황이 되지 않으면 또 가고 만다. 처음에 다니던 게임장에 출입이 금지되고 다른 게임장에 다니게 된 후로 잃는 횟수가 늘었다. 아무튼 게임장에 들어가면 말짱 도루묵.

나는 고개를 번쩍 들었다.

"또 출금을 당하면 어떨까?"

가와카미가 살짝 놀란 눈으로 나를 보았다.

나는 귓불이 화끈해지는 걸 느끼며 이거다 싶었다.

게임장에 들어가서는 안 된다면, 게임장에 들어가지 않으면 된다. 가는 걸 스스로 멈출 수 없다면, 게임장 측에서 가와카미의 아빠가 못 들어오도록 조치하면 된다.

"너희 아빠가 그만둘 수 없다면, 파친코를 하려고 해도 할 수 없는 상황을 만들면 되지 않을까 싶은데."

"그거, 좋은 생각이다."

가와카미가 목소리 톤을 높였다.

내 생각을 정답으로 인정받아 기뻤다.

"예전에 다니던 게임장에서 출금을 당했을 때는 뭘 어쩌신 거야?"

"그게…… 그 이야기를 꺼내면 막 신경질을 내서 자세히는 못 물어봤어."

가와카미는 시선을 손으로 떨어뜨렸다.

나는 미즈타니가 자주 그러듯이 코에 주먹을 댔다. 파친코 게임장에 출입을 금지당하는 방법…… 아무 생각도

나지 않았다.

"미즈타니."

고개를 들고 이름을 부르자 미즈타니는 생각에 잠긴 것처럼 잠시 뜸을 들인 후에 뭐, 기본적으로는 게임장에서 싫어할 만한 짓을 하면 되지 않을까 싶은데, 하고 중얼거렸다.

그리고 어째서인지 말없이 가와카미를 쳐다봤다.

가와카미도 미즈타니를 정면으로 바라보았다. 둘이 마주 보는 모양새가 됐다.

먼저 눈을 돌린 건 미즈타니였다.

"이런 일은 실제 사례를 조사하는 편이 빠를 거야."

가드레일에서 내려와 왔던 길을 되돌아갔다.

미즈타니가 앞장서고 가와카미와 내가 어깨를 나란히 하고 따라갔다.

그 익숙지 않은 광경에 어쩐지 조금 신기한 기분이 들었다.

미즈타니와 가와카미와 나. 평소 같으면 모일 일이 없는 3인조다. 시야 가장자리로 가와카미가 보였지만 할 말을 찾을 수가 없었다. 어쩐지 그게 거북해서 미즈타니에게 "어디 가?" 하고 묻자 "집."이라는 대답이 돌아왔다.

"집? 너희 집?"

"우리 집 컴퓨터가 제일 쓰기 편하니까."

미즈타니는 걸음을 늦추지 않고 대답했다.

나는 마음이 약간 설렜다.

미즈타니 집에는 몇 번 가 봤지만 집 안까지 들어가 본 적은 없다. 가와카미와 함께 가는 것도 처음이다.

5분쯤 걷다가 미즈타니가 사는 3층짜리 크림색 연립주택 앞에서 멈췄다. 미즈타니는 책가방에서 카드 지갑을 꺼내 카드키로 오토로크를 열고 안으로 들어갔다.

그리고 엘리베이터를 타고 3층으로 올라갔다.

"엄마는?"

"일하러. 이 시간에는 아무도 없으니까 마음 편히 들어와."

자물쇠를 열고 집으로 들어가는 미즈타니에 이어, 나는 현관에서 "실례하겠습니다." 인사하고 신발을 벗었다.

후덥지근한 공기가 몰려와 집에 아무도 없다는 미즈타니의 말이 실감 났다. 우리 집에는 늘 엄마가 있으니까 집에 가면 시원한 에어컨 바람이 맞이해 준다.

현관에서 중문을 열고 들어간 미즈타니는 일단 에어컨부터 틀었다. 웅웅 대는 소리와 함께 찬바람이 흘러나왔다.

방은 내 방과 별 차이가 없었다. 침대가 있고, 책상이 있고, 책상 옆에 가방과 모자가 걸려 있다. 다른 점은 커다란 책장에 책이 가득 꽂혀 있다는 것 정도일까.

미즈타니가 책상으로 향하기에 자세히 보니, 내가 사용하는 것과 똑같이 생긴 책상이었다. 초등학교에 입학하기 직전에 선물 받은 렌저 레인저 디자인, 붙어 있던 스티커는 뗀 것 같았지만 서랍에 달린 손잡이 모양과 선반 위치도 동일하다. 미즈타니는 어쩐지 심플하니 어른스러운 느낌의 책상을 쓸 것 같은 이미지였는데 예상외이면서도 기뻤다.

"이거 내 책상이랑 똑같네."

"그래?"

"이거, 렌저 레인저 책상이잖아. 내 책상도 이거야. 미즈타니, 렌저 레인저 좋아했어?"

"아니, 이건 마법 소녀 키라라 책상인데."

"마법 소녀 키라라?"

"누나한테 물려받았거든."

미즈타니는 의자에 앉아 노트북 컴퓨터를 켰다.

"그것도 누나한테 물려받은 거야?"

가와카미가 화면을 들여다보았다.

"이건 가족이 다 같이 쓰는 거."

"가족이 다 같이 쓰는 건데 왜 네 책상에 놓아뒀어?"

"내가 제일 많이 쓰니까."

미즈타니는 그 말을 뒷받침하듯 엄청난 속도로 비밀번호를 입력하더니, 바탕화면이 나타나자마자 마우스를 사용해 검색화면을 띄웠다.

'파친코, 출입금지'

검색어를 입력하고 엔터키를 누르자 검색 결과가 죽 나열됐다.

컴퓨터를 익숙하게 사용하는 모습을 보고 미즈타니는 부모님에게 신뢰를 받는구나 싶었다. 나는 부모님 앞에서만 컴퓨터를 만질 수 있다. 컴퓨터를 쓰려고 하면 어차피 유튜브만 볼 거 아니냐고 핀잔을 들을 테고, 아마 실제로도 그럴 것이다.

미즈타니가 사이트에 들어갔다. 내가 다 읽기도 전에 다른 사이트로 옮겨갔다.

블로그, 게시판, 질문 사이트의 어디를 보면 필요한 정보를 찾을 수 있는지 아는 것 같았다.

"오케이."

미즈타니가 작게 중얼거렸다.

"이제 제일 쉬울 것 같네."

그렇게 말하며 검색화면으로 돌아와, 파친코 게임장 직원이었던 사람의 블로그 같은 페이지를 다시 열었다. 수없이 줄지은 글자 위에 커서를 대고 죽 움직여서 우리가 읽어야 할 부분만 색깔을 바꿔 주었다. '점원에게 폭력을 가하거나, 홧김에 파친코 게임기의 구슬 받침대에 커피를 붓는 건 저도 실제로 봤죠. 커피는 의외로 많고 맥주를 부을 때도 있습니다. 우리 게임장에서는 첫 번째 적발 때는 엄중하게 주의를 주고 다음에 또 그러면 아웃이었어요. 그밖에 즉시 출입을 금지하는 건 역시 얍삽이려나요.'

"얍삽이라니?"

가와카미가 몸을 내밀고 물었다. 미즈타니는 바로 다른 창을 열고 '얍삽이'를 검색했다.

'파친코나 슬롯머신 게임을 할 때 부정한 방법으로 구슬을 획득하는 사기도박 행위를 가리키는 은어.'

설명을 보자 알 듯하면서도 잘 이해가 가지 않았다.

미즈타니가 화면을 내리자 처음 보는 말이 차례차례 나타났다.

'매달기, 프로그램 덮어쓰기, 동전 되돌리기, 짜가 구슬,

기름 얍삽이, 자석 얍삽이, 핀 구부리기 얍삽이, 접속 얍삽이, 배출기 얍삽이, 실을 붙인 구슬.'

"⋯⋯뭔가 엄청 많네."

"요컨대 잔꾀를 부려서 억지로 따려고 하는 짓인가 봐."

미즈타니는 화면을 아래까지 쭉 내리더니 파친코 게임장 직원의 블로그로 돌아왔다.

"아무튼 이렇게 게임장에 피해를 주는 짓을 하면 출금을 당할 가능성이 높은 것 같아."

나는 화면의 글씨를 다시 한번 읽었다.

"점원에게 폭력을 행사하는 건 안 되겠고, 커피나 맥주를 붓는 건⋯⋯ 아아, 하지만 가와카미 아빠에게 어떻게 그걸 시키느냐가 문제겠네."

"그전에 그건 게임장에 정말로 피해를 주는 짓이니까 하지 말자."

미즈타니의 말에 가와카미가 "하지만." 하고 강한 어조로 말했다.

"출금을 당하려면 피해를 줄 수밖에 없지 않을까?"

나는 가와카미의 옆얼굴을 보았다.

표정은 여느 때와 변함없었다. 그러나 바로 그렇기에 목소리에 더욱 절박함이 묻어 있는 느낌이었다.

미즈타니는 아니야, 했다.

"얍삽이를 하려다가 들키는 순간 출금을 당하는 사례가 많은 모양이니까, 실제로 피해를 주기 전에 출금을 당하는 건 가능하지 않을까."

마우스에서 손을 떼고 화면을 가리켰다.

"예를 들면, 요즘 파친코 게임기는 자석을 가까이만 대도 자석 얍삽이를 의심해서 경보가 울린대."

미즈타니는 자리에서 일어나 어디선가 표면이 화이트보드처럼 생긴 자석 시트와 동그란 플라스틱이 달린 자석을 가져왔다.

이번에는 책상이 아니라 바닥에 내려놓아서 다 같이 자석 시트를 둘러싸고 앉았다.

"너희 아빠, 눈이 안 좋으시다고 했잖아. 그럼 게임기에 얼굴을 가까이 대고 볼 수도 있지 않을까? 그렇다면 예를 들어 안경에 자석을 붙인다든가."

나는 떠오른 방법을 일단 말해 보았다.

"안경 어디에?"

미즈타니가 쓰고 있던 안경을 벗었다.

나는 미즈타니의 안경을 받아 들고 다리 부분을 가리켰다.

"여기에 시트 형태의 자석을 가늘게 잘라서 붙인다거나."

"그럼 아주 가늘어야 할 테니까, 강력한 자석을 써도 별로 영향을 못 줄 것 같은데."

미즈타니가 안경을 다시 썼다.

"그럼 금속 부분에 여러 장을 겹쳐서 붙이면?"

내가 물고 늘어지자 미즈타니는 코걸이를 밀어 올리며 말했다.

"무게가 무거워지면 위화감을 느껴서 눈치챌지도 몰라."

내가 입을 다물자 침묵이 흘렀다.

문득 셋이서 자석을 둘러싸고 있는 이 구도가 묘하다는 걸 깨달았다. 모르는 사람 눈에는 분명 여름방학 자유 연구를 어떻게 할지 상의하는 것처럼 보이리라. 하지만 우리는 가와카미 아빠가 파친코 게임장에서 출입금지를 당할 방법을 의논하고 있다.

"그럼, 손목시계는?"

가와카미가 말했다.

"손목시계는 원래 제법 무게가 있으니까 얇은 자석이라면 눈치채지 못하지 않을까?"

"그럴지도."

나는 고개를 들었다.

"시계는……."

미즈타니는 뭔가 말하려다 다시 "그래, 가능할지도 모르겠다." 하고 말했다.

"원반 밑에 감추면 나름대로 강력한 자석을 달 수 있을 거야."

미즈타니는 바닥에 놓인 자석을 들고 일어섰다. 그대로 복도로 나가서 재촉하듯 고개를 끄덕였다.

가와카미와 나는 미즈타니를 따라 부엌으로 향했다.

미즈타니는 동그란 자석과 자석 시트를 냉장고 문에 나란히 붙였다. 그밖에도 아까 미즈타니가 가지고 오지 않았던 클립 모양 자석과 비행기 모양 자석, 후크가 달린 자석이 있었다.

미즈타니는 종류마다 하나씩 떼어서 부엌가위로 자석 부분을 빼냈다.

"망가뜨렸다고 혼나는 거 아냐?"

"망가뜨리는 거 아니야. 빼내는 거지. 나중에 접착제로 다시 붙여 놓으면 괜찮아."

가와카미에게 그렇게 답하며 미즈타니는 플라스틱이

달린 동그란 자석을 건넸다.

　내게는 후크가 달린 자석을 주고, 벗겨낸 클립을 부엌 카운터에 내려놓았다. 그리고 비행기 모양 자석을 빼내다가 뻑뻑하네 이거, 하고 중얼거리더니 자기 방으로 돌아갔다.

　미즈타니는 펜치와 다른 가위, 쇠망치를 들고 돌아왔다.

　펜치로 비행기의 날개를 잡더니, 가위 끄트머리를 플라스틱과 자석 사이에 쑤셔 넣고 체중을 실었다.

　뽀각, 하는 소리와 함께 자석이 빠졌다.

　그리고 가와카미가 동그란 자석을 붙들고 씨름하는 것을 보더니 쇠망치를 내밀었다.

　"깨뜨려도 돼."

　가와카미는 쇠망치를 물끄러미 바라보았다.

　"그럼 망가지잖아."

　"그러게."

　미즈타니가 그렇게 대답한 순간이었다.

　풉, 하고 가와카미의 입에서 작은 숨소리가 새어 나왔다. 단단히 묶여 있던 쇠사슬이 풀어진 것처럼 가와카미의 입매가 누그러지고 눈이 가늘어졌다.

　― 웃었다.

모두가 그림을 잘 그린다고 아무리 칭찬해도, 누군가 재미있는 이야기를 해서 다들 웃을 때도, 뺨 한번 움찔거리지 않았던 가와카미가.

마음이 어수선하니 가슴속이 욱신거렸다.

왜 내가 웃기지 못한 걸까 싶어 안타까웠고, 그런 감정을 느낀 나 자신에게 놀랐다.

"아, 빠졌다."

결국 가위를 선택한 가와카미의 손에서 자석이 데구루루 굴러갔다.

"좋아, 그럼 비교해 보자."

미즈타니가 가와카미와 나에게 자석을 받아, 크기와 두께가 조금씩 다른 자석들을 냉장고에 차례차례 붙였다.

하나하나 떼었다 붙였다 하더니 고개를 갸웃거리고 다시 방으로 돌아갔다.

부엌에 남은 나와 가와카미는 미즈타니가 했던 것처럼 자석을 떼어 보았다.

"잡을 곳이 없으니 떼어 내기 힘드네."

내 말에 가와카미는 내게 대답한 건지 혼잣말인 건지 모를 투로 말했다.

"이래서는 자석의 강도를 알 수 없어."

그때 미즈타니가 색종이 세트를 가지고 돌아왔다.

"이 위에 붙여 보자."

미즈타니는 색종이 다섯 장을 내게 주었다.

나는 몸을 돌려 색종이를 냉장고에 대고 그 위에 자석을 붙였다.

"다섯 장은 여유로운데."

미즈타니에게 말하자 "그럼, 확 올려서 스무 장에 도전해 보자." 하며 열다섯 장을 더 주었다.

색종이를 추가하고 다시 자석을 붙이자 약간 위태로웠지만 붙어는 있었다.

"흠, 스무 장도 버틴단 말이지."

어쩐지 재미있다는 듯이 고개를 끄덕이는 미즈타니 옆에서 가와카미가 색종이를 셌다.

"자, 스무 장."

내 눈앞에 내민 색종이를 받는 게 한 박자 늦었다. 가와카미는 내 손에 색종이를 넘기자마자 고개를 숙이고 다시 색종이를 세기 시작했다.

미즈타니는 색종이 세는 역할을 가와카미에게 맡기고, 뒷면이 하얀 종이와 연필을 들고 왔다.

'동그라미, 클립, 비행기, 후크, 시트'

그렇게 적고 나를 돌아보았다.

"냉장고에 붙지 않을 때까지 동그란 자석 밑에 색종이를 추가해 봐."

미즈타니의 말에, 가와카미가 다 센 색종이와는 별개로 장미 접기용 색종이를 내밀었다.

스물하나, 스물둘, 스물셋.

"아, 더는 안 되겠는데."

"스물세 장이라."

미즈타니가 종이에 '23'이라고 적었다. 다른 자석도 똑같은 방법으로 실험했다.

"자유 연구 같네."

가와카미가 중얼거렸다.

아까 내가 했던 것과 똑같은 생각을 하다니 어쩐지 기뻤다.

"분명 올해도 여름방학 숙제로 나올 테니, 셋이서 공동 연구한 걸로 해서 제출할까."

"자석의 강도를 조사하려고 색종이 위에 붙여 본 것만으로는 연구로서 빈약한 것 같은데."

미즈타니가 내 의견을 일축했지만 가와카미는 "하지만." 하고 두둔해 주었다.

"자석을 사용한 장난감 만드는 걸 주요 연구 주제로 삼고, 사전 작업으로 자석의 강도를 알아봤다고 하면 괜찮을지도."

그렇군, 하고 미즈타니가 턱을 쓰다듬었다.

"마침 자기부상열차를 만들어 보고 싶던 참이기는 했어."

"자기부상열차? 그런 걸 만들 줄 알아?"

가와카미가 고개를 갸웃하자 미즈타니는 응, 하고 대답했다.

"예전에 인터넷에서 만드는 법을 알려 주는 사이트를 봤거든. 열심히 따라 하면 만들 수 있을 거야."

"정말?"

신기했다. 가슴이 두근거렸다. 솜사탕이 부풀어 오르는 것처럼 몸속이 즐거운 기분으로 가득 찼다.

"그럼 무사히 이번 계획을 마치면, 여름방학 때 다시 모여서 만들자."

나는 들뜬 목소리로 제안했다.

그 순간, 가와카미의 얼굴에서 표정이 사라졌다.

아차 싶었다. 기껏 분위기가 좋았는데. 이대로 조금 더, 이 분위기를 유지할걸.

가와카미가 가느다란 팔을 천천히 자석으로 뻗었다.

그리고 실험 결과, 색종이를 쉰두 장이나 버틴 제일 강력한 클립 모양에 달려 있던 자석을 손안에 꽉 움켜쥔 채 "응." 하고 들릴까 말까 하는 목소리로 말하며 고개를 끄덕였다.

"이번 일이 끝나면."

작전 실행 당일.

나는 아침부터 안절부절못했다.

정말로 작전이 성공할까.

도중에 가와카미 아빠가 눈치채지는 않을까.

만약 들키면 가와카미 아빠는 어떻게 나올까.

가와카미가 그 정도까지 마음고생 했다는 걸 알면 이번에야말로 파친코를 그만두지 않을까. 아니면……

더는 생각에 진전이 없고, 다시 처음 생각으로 되돌아간다.

가와카미와 연락하고 싶었지만 그저께부터 여름방학이 시작됐고, 가와카미는 수영 교실에도 나오지 않으니 학교에서는 만날 수 없었다. 전화번호도 집 주소도 모른다.

아침밥이 도무지 목구멍으로 넘어가지 않아 깨작거리

자 엄마가 "더위를 먹었나." 하고 걱정스러운 표정을 지었지만, 물론 이유는 말할 수 없었다.

몇 번이나 시계를 올려다보자 엄마가 물었다.

"친구랑 놀기로 약속이라도 한 거야?"

"약속이라고 해야 하나…… 응."

무심코 입에서 튀어나온 대답에 등 떠밀리듯 역시 파친코 게임장 앞까지 가 보자는 마음이 굳어졌다.

"나갈 거면 든든히 먹고 가."

엄마가 못마땅한 얼굴로 밥그릇을 내 앞으로 밀어 놓기에 억지로 입에 쑤셔 넣고 일어섰다.

모자를 쓰고 지갑을 청바지 호주머니에 넣은 다음 다시 시계를 올려다보았다.

10시 15분.

그 파친코 게임장은 10시에 연다.

뛰쳐나가다시피 집을 나서자 후텁지근한 공기가 온몸을 감쌌다. 한순간 각오가 꺾일 뻔했지만 서둘러 파친코 게임장으로 향했다.

얍삽이가 발각되는 데 시간이 얼마나 걸릴까. 그나저나 진짜 오늘 실행하는 걸까. 이러는 사이 뭔가 큰일이라도 벌어지면.

횡단보도 앞까지 왔을 때 신호가 빨간불로 바뀌어 멈춰 선 순간, 땀이 송골송골 맺혔다.

길 반대편에 파친코 게임장이 보였다. 하지만 가와카미가 말한 곳은 아니다. 저기가 예전에 출입금지를 당했다는 곳일까.

— 목마르다.

갈증을 느끼고서야 엄마가 준비해 준 물통을 깜박한 게 생각났다.

그래도 신호가 파란불로 바뀌자마자 다시 힘차게 달렸다. 다 건너고 나서야 횡단보도에서는 뛰면 안 되는데 하고 반성하다가, 문득 그런 착한 아이 같은 생각을 하는 스스로에게 놀랐다. 지금 엄마에게 거짓말을 하고 나와서 가와카미 아빠를 함정에 빠뜨리려 하고 있으면서 말이다.

— 아니, 그게 아니다.

가와카미를 도와주기 위해서다.

이대로 가다가는 가와카미 아빠가 파친코를 그만두지 못하니까. 그렇게 생각하며 마지막 모퉁이를 돈 순간이었다.

나도 모르게 발을 멈췄다.

어, 하는 목소리가 입에서 새어 나왔다.

파친코 게임장 앞에 구급차와 경찰차가 있었다.

"앗, 무슨 일이지? 열사병인가?"

갑자기 어떤 목소리가 바로 옆을 지나갔다. 반사적으로 고개를 돌려 보니 대학생쯤 돼 보이는 남자였다. 옆에 선 다른 남자가 "아닐걸. 열사병이면 경찰차는 안 왔겠지." 하고 바로 대꾸했다.

"뭔가 사건이 터진 거 아닐까?"

― 사건.

심장이 쿵쿵 뛰었다.

설마 얍삽이가 그렇게 심각한 일이었단 말인가.

온몸을 적신 땀이 차가워지는 느낌이 들어 손으로 팔을 닦았다.

배에 힘을 주고 파친코 게임장 쪽으로 한 걸음 내디뎠을 때 느닷없이 사이렌 소리가 울려 퍼졌다.

흠칫 놀라 뒷걸음질 쳤다.

움직인 건 구급차였다. 맞은편으로 달려가는 구급차를 눈으로 좇으며 아니라고 생각을 바꾸었다.

― 얍삽이가 발각됐을 뿐이라면 구급차가 올 리 없어.

그렇다면 우연히 다른 사건이 일어난 걸까. 가와카미 아빠와는 관계가 없나?

어쩌면 좋을지 몰라서 주변을 둘러보았다.

뭔가 알고 있는 사람 없을까.

파친코 게임장 주변에 어른 몇 명이 상황을 살피듯이 서 있었다. 다시 한번 부근을 둘러보았을 때 어렴풋한 움직임이 시야에 포착됐다.

"미즈타니."

머리보다 몸이 먼저 움직여서 달려갔다.

"저기, 무슨 일이 있었던 거야. 가와카미 아빠는."

"일단 이쪽으로."

미즈타니가 내 팔을 세게 잡아당겨 옆길 안쪽으로 데려갔다.

역 건물 입구 앞에는 가와카미가 있었다.

"가와카미."

쪼그려 앉아 고개를 숙이고 있던 가와카미가 얼굴을 들었다.

가와카미의 얼굴이 창백했다.

평소와 똑같은 건지 아닌지 분간이 가지 않았다.

미즈타니를 돌아보자 가와카미보다 안색이 더 안 좋아 보였다.

"무슨 일이 있었던 거야?"

나는 다시, 이번에는 두 사람에게 물었다.

분명 미즈타니가 대답해 줄 줄 알았는데 가와카미가 먼저 입을 열었다.

"아버지가 점원을 때렸어."

— 점원을, 때렸다고?

"……어째서."

"가게 여는 시간보다 늦게 와서 좋은 자리에 앉지 못한 모양이야…… 술도 마셨으니까."

대체 무슨 소리인지 이해가 가지 않았다.

"가게 앞까지 왔을 때 아무도 줄을 서 있지 않은 걸 보고, 무서운 얼굴로 손목시계를 확인하더니 안으로 들어갔어. 잠시 후에 점원한테 팔을 붙들려 나오면서 어디서 개소리냐고, 사람 무시하지 말라고 고함을 지르더라고. 그래서 점원이 경찰을 부르겠다고 하니까 갑자기 때렸어."

"자석 때문에 손목시계가 고장 난 거야."

미즈타니가 덧붙여 말했다.

"내가 너무 방심했어. 자석 가까이에 놓아두면 시계가 고장 날 수 있다는 건 알고 있었는데."

— 그럼 어떻게 된 거지.

가와카미는 계획대로 아빠의 손목시계에 자석을 붙였

다. 그랬더니 시계가 고장 나 가와카미 아빠는 파친코 게임장이 여는 시간에 늦었다. 그래서 좋은 자리에 앉지 못해 점원과 다투었고, 경찰에 신고를 당했다?

"……얍삽이는."

그밖에도 확인하고 싶은 일이 있었지만 입에서는 이 말이 나왔다.

가와카미가 고개를 살짝 저었다.

"손목시계에 자석이 달려 있다는 건 아직 아무도 알아차리지 못했을 거야."

"하지만 만약 경찰에서 조사를 받다가 게임장 말고 자기 손목시계가 잘못됐다는 걸 알면 시계를 자세히 볼 텐데."

미즈타니가 심각한 표정으로 말했다.

나는 온몸에서 핏기가 싹 가시는 걸 느꼈다.

"그럼……."

"우리가 그랬다는 게 들통날지도 모르지."

나는 눈을 가와카미 쪽으로 향했다.

쪼그려 앉은 가와카미는 허공을 바라보고 있었다.

"일단 집으로 돌아가자."

미즈타니의 목소리에 정신을 차리자, 미즈타니가 가와카미의 어깨에 손을 얹고 있었다. 어느 틈엔가 가와카미는 무릎에 얼굴을 묻었다.

"이렇게 더운 곳에 계속 있으면 열사병 걸려."

가와카미는 미즈타니의 부축을 받아 일어섰다.

그러고 보니 문득 궁금해졌다. 두 사람은 언제부터 여기 있었을까. 10시에 가게가 열기 전부터 함께 있었던 걸까.

― 왜 좀 더 일찍 나오지 않았을까.

나는 나란히 걸어가는 두 사람을 따라가며 입안에 퍼지는 쓴맛을 곱씹었다. 집에서 그렇게 망설이지 말 걸 그랬다. 아니, 애당초 오늘 작전을 실행한다는 건 알고 있었으니 미리 약속을 잡을 걸 그랬다.

얼굴이 뜨겁고 머리가 어질어질했다. 목이 말랐다.

미즈타니가 가방에서 물통을 꺼내 가와카미에게 내밀었다.

"아, 나도……."

무심코 말하고 나서야 부끄러워졌다. 물통을 잘 챙겨 왔으면 됐을 텐데. 내가 가와카미에게 물통을 건네고 싶었다. 하지만 물통을 가져 왔으면 분명 내가 먼저 마셨겠지.

목을 축인 가와카미가 물통을 넘겨줬다. 고맙다는 말이 목구멍에 걸렸다.

간접 키스라고 전에 반 아이가 누군가를 놀리던 목소리

가 되살아나 귓불이 화끈거렸다. 얼버무리려고 물을 쭉 들이켜자 차가운 보리차가 목구멍을 적셨다.

꿀꺽꿀꺽 마실수록 몸이 활기를 되찾았다.

"고마워."

말하면서 물통을 돌려 주자 미즈타니는 고개를 살짝 끄덕이며 받아 들고 자기도 물을 들이켰다.

미즈타니는 익숙한 손놀림으로 입가를 닦고 물통을 가방에 넣으며 길을 꺾어 들었다.

처음 보는 길이라 머릿속에 물음표가 떠올랐다. 미즈타니 집에 가는 게 아닌가.

"어디 가는데?"

"가와카미 집에."

그 말에 가와카미가 미즈타니를 보았다.

"여기까지면 되는데."

"아냐, 걱정되니까."

미즈타니는 당연하다는 듯이 말했다. 미즈타니가 걸음을 늦추지 않자 가와카미가 멈춰 섰다.

"하지만…… 집을 엄청나게 어질러 놔서."

미즈타니도 걸음을 멈추고 돌아보았다.

"집 앞까지만 가자. 안에는 안 들어갈게."

그래도 가와카미는 망설이는 것 같았지만, 잠시 후 다시 걸음을 뗐다. 그 속도에 맞춰 미즈타니도 발걸음을 옮겼다.

나는 고개를 숙이고 아랫입술을 깨물었다. 어째서 미즈타니는 이렇게 멋있게 행동할 수 있는 걸까.

굳이 고민할 것도 없이 답은 안다. 쓸데없는 생각을 하지 않기 때문이다.

그저 순수하게 걱정하고, 그 마음이 가와카미에게도 전해졌다.

잠시 후 가도교 아래를 빠져나오자 허름한 집이 갑자기 늘어났다. 길을 잃고 모르는 동네를 헤매는 것 같은 기분이 들었다. 담쟁이덩굴이 가득한 집과 깨진 유리창에 접착테이프를 붙인 집을 보자 어쩐지 조금 주눅이 들었다.

다리 바로 옆에는 신축 맨션이 있었지만, 그 안쪽으로 시선을 뻗자 빨래가 떨어지면 강물에 떠내려갈 만큼 강에 바싹 다가붙은 집들이 즐비했다.

차 한 대가 간신히 지나갈 정도로 좁은 골목으로 꺾어 들어가 ㄷ자 형태로 늘어선, 어쩐지 어두운 인상을 주는 집들의 제일 안쪽까지 나아갔다.

'광고지 사절'이라고 휘갈겨 쓴 종이가 눈에 들어왔다.

그 경고문이 붙은 녹슨 우편함 옆의 수풀에 '가와카미'라는 문패가 반쯤 가려져 있었다.

3층 건물이다. 1층에 현관과 차고가 있었다. 하지만 차고에는 차 대신 가와카미의 것으로 보이는 작은 자전거와 접사다리, 호스, 골판지 상자들이 가득했다.

가와카미가 끈을 꿰어 목에 걸고 있던 열쇠를 벗었다.

"정말 엄청나게 어질러놨고, 더운데."

작게 중얼거리듯 말하고 나서 자물쇠를 풀었다.

나는 당황해서 "괜찮아, 이만 갈게." 하고 뒷걸음질 쳤지만 가와카미는 "하지만…… 물을 내가 거의 다 마셔 버렸으니까." 하며 문을 열고 안으로 들어갔다.

재촉하듯이 가와카미가 뒤를 돌아보았지만 여전히 망설여졌다.

미즈타니도 약간 망설여지는지 뭉그적거리더니, 결국은 알았다는 듯 가와카미가 잡고 있던 문을 잡았다.

"그럼 마실 것 한 잔만 마시고 갈게."

가와카미는 대답 대신 문을 놓고 신발을 벗었다.

나도 따라 들어가자 얼굴에 끈적한 공기가 밀려왔다.

바깥만큼은 아니지만 덥다. 아무도 없는 집 특유의 탁한 공기지만, 우리 집이나 미즈타니 집의 공기보다 더 탁하고 어쩐지 좀 냄새가 났다.

2층으로 올라가 거실로 들어가자 냄새의 원인을 알 수 있었다.

작은 날벌레들이 테이블 위에 수북이 쌓인 빈 컵라면 용기, 과자 봉지, 페트병 주위를 날아다니고 있었다.

하지만 그뿐만이 아닌 것 같기도 했다. 뭐랄까, 음식이 상한 냄새만이 아니라 동물원 우리에서 밀려오는 짐승 냄새 비슷하니 땀과 오줌과 먼지가 뒤섞인 듯한 냄새가 났다.

군데군데 갈색 얼룩이 묻은 소파에는 빨랫감인지 빨래하고 거둬 놓은 건지 모를 옷이 잔뜩 쌓여 있었고, 그 밑에는 술병과 캔이 널브러져 있었다.

에어컨이 있었던 듯한 곳은 벽지 색깔이 뽀얬지만 네 귀퉁이는 거무튀튀했다. 그 거무튀튀한 부분이 부각되어 보이지 않을 만큼 다른 벽도 전체적으로 색깔이 칙칙해졌다.

텔레비전 받침대 위에 놓인 액자는 쓰러져 있었다. 저기에는 무슨 사진이 들어 있을까. 엄마? 가족 사진? 아니면 가와카미의 사진?

우리 집 거실에 장식된 내 아기 시절 사진을 떠올렸을

때, 그러고 보니 가와카미의 그림이 어디에도 걸려 있지 않다는 걸 깨달았다.

우리 집에는 내가 학교에서 그린 그림을 여러 장 걸어 두었다. 아무리 생각해도 손님에게 자랑할 만큼 잘 그린 그림이 아닌데도.

"……미안해, 더러워서."

가와카미가 몸을 움츠리며 말하고는 선풍기를 틀었다. 칵, 칵 하고 걸리는 듯한 소리를 내며 돌아가기 시작한 날개가 공기를 휘저었지만 시원해지지는 않았다.

가와카미는 바닥에 떨어진 광고지와 나무젓가락, 구겨진 옷을 요리조리 피해 부엌으로 갔다. 방을 유심히 둘러보는 게 미안해서 선 채로 고개를 숙이고 있으니, 마룻바닥에 놓인 재떨이에서 쏟아진 담배꽁초가 시야에 들어왔다. 그 옆에는 부러진 노란색 플라스틱 막대기가 뒹굴고 있었다. 끄트머리에 달려 있는 건, 깃털일까.

"어, 가와카미, 고양이 키워?"

그 너덜너덜해진 장난감 같은 물건이 고양이 낚싯대 아닐까 싶었던 건, 전에 미즈타니와 고양이를 주웠을 때 가지고 놀았던 고양이 낚싯대와 흡사하게 생겼기 때문이다. 더구나 가와카미는 예전에 고양이를 그렸다. 그건 자기 집에서 키웠던 고양이였을까.

하지만 가와카미의 대답은 들리지 않았다. 대신에 냉장고를 여닫는 소리가 묘하게 크게 들렸다.

"자."

고맙다고 인사하고 가와카미가 내민 물잔을 받았다. 탄산음료인지 투명한 액체에서 작은 거품이 보글보글 올라왔다. 한 번 더 물어봐도 될지 몰라서 망설이고 있는데, 깨끗이 씻었다는 목소리가 날아들어 허둥지둥 입에 댔다.

차갑고 달콤하고 맛있다. 사이다다.

단숨에 꿀꺽꿀꺽 들이켜고 숨을 푸하 내뱉었다. 바로 가와카미가 손을 내밀었다.

"한 잔 더 마실래?"

"아니, 괜찮아."

물잔을 돌려 주고 맛있었다고 덧붙여 말했다.

가와카미는 미즈타니에게도 "더 줄까?" 하고 물었다.

"아니, 이제 됐어."

미즈타니는 잘 마셨다고 감사를 표하며 물잔을 돌려주었다.

우리가 얼른 돌아가기를 바라는 가와카미의 마음이 은근히 전해져 왔다.

하지만 가와카미를 혼자 두고 돌아가려니 걱정됐다. 하다못해 가와카미의 아빠가 돌아올 때까지 함께 기다렸다가, 만약 가와카미가 혼날 것 같으면 가와카미 잘못이 아니라고 말리고 싶었다.

우리가 자석을 시계에 붙이자고 제안했다. 아니, 실제로 붙인 것도 우리라고 말하는 편이 나을 것이다.

미즈타니가 천천히 소파로 향했다. 앉으려는 건가 싶었는데, 소파 옆을 지나쳐 창가에 섰다. 커튼을 젖히고 창문에 이마를 가까이 댔다.

"미즈타니."

가와카미가 불러도 돌아보지 않았다.

"너희 집에는 바깥계단이 있구나."

"집을 짓고 나서 요 앞에 새 길이 생겼거든. 이쪽에도 출입구가 있어야 새 길을 사용할 수 있어서 편리할 거라고 생각했대."

가와카미가 미즈타니 옆으로 가서 커튼을 쳤다.

"뭐, 우리가 지은 집이 아니니까 집주인이 그랬다는 거지만."

"확실히 현관문에서 저 길로 가려면 빙 돌아가야겠네."

그제야 미즈타니가 창문에서 고개를 돌렸다.

"뒷문은 부엌에 있어?"

"응. 하지만 문이 뻑뻑해서 요즘은 안 써."

가와카미가 대답하며 실내의 계단으로 향했다. 계단을 내려가는 걸 보고 미즈타니와 나도 따라갔다.

"고마워, 음료수 잘 마셨어."

미즈타니가 자연스러운 어조로 그렇게 말하자 가와카미는 "나야말로." 하고 현관 앞에 멈춰 섰다.

미즈타니가 가와카미 옆을 지나쳐 현관 바닥에 내려섰다.

― 역시 이대로 돌아가려는 걸까.

잠깐만 있어 보라고 제지하고 싶었다. 조금만 더, 하다못해 가와카미 아빠가 돌아올 때까지만이라도 기다리자고.

하지만 입을 열려고 했을 때, 발끝만 신발에 넣은 미즈타니가 "가와카미." 하고 불렀다.

"혹시 괜찮으면 같이 우리 집에 안 갈래?"

"뭐?"

"오늘은 아빠가 안 돌아올지도 모르잖아. 우리 집, 대학교에 다니는 누나가 자취해서 방이 남거든."

아아, 맞다. 가와카미 아빠가 언제 돌아올지 모르는 이상, 여기서 계속 기다리기보다 미즈타니네로 가는 편이 낫다.

"우리 집이 불편하다면, 내가 선생님한테 연락해도 되고. 일단 사정을 설명하고……."

"사정?"

가와카미가 딱딱한 목소리로 되물었다.

"자석을 붙인 이야기는 빼도 되겠지. 그냥 아빠가 경찰에 끌려가는 모습을 봤다고 하면 선생님이 어떻게든 해주지 않을까."

나는 미즈타니가 분명 이 말을 하기 위해 여기까지 왔다는 걸 깨달았다.

집까지 와서 제안하면 가와카미가 금방 짐을 준비할 수 있다.

가와카미는 바로 대답하지 않고 그 자리에 가만히 서 있었다.

가와카미는 지금 무슨 생각을 하고 있을까.

망설이는 걸까. 뭘?

"……아니야, 괜찮아."

가와카미는 그렇게만 대답했다.

"괜찮다니, 그냥 집에 있겠다고?"

나는 참지 못하고 물었다.

"혼자 있으면 위험해."

"하지만 자주 있는 일인걸, 뭐."

가와카미의 표정은 아주 차분했다.

"컵라면도 많으니까."

"하지만 아빠가 언제 돌아올지도 모르는데."

"어차피 금방 돌아올 거야."

가와카미는 나를 현관으로 몰아내는 것처럼 내 뒤쪽으로 물러서서 이만 대화를 끝내겠다는 듯이 그렇게 말한 후, 눈을 살짝 오므렸다.

"정말로 고마워, 미즈타니, 사토하라."

가와카미 집을 나선 후에도 금방 걸음을 옮길 기분은 들지 않았다.

정말 이대로 돌아가도 될까. 하지만 뭘 어떻게 말해야 가와카미가 따라올지 몰랐다.

"어쩌지?"

문을 쳐다보며 미즈타니에게 물었지만, 미즈타니는 아무 대답도 하지 않았다.

미즈타니는 그저 가와카미 집만 가만히 올려다보았다.

잠시 후에 미즈타니가 몸을 돌려 걸음을 뗐다.

"가려고?"

나는 발은 움직이지 않고 고개만 돌려 바라봤다.

미즈타니가 모퉁이를 돌아갔다.

나는 허둥지둥 쫓아가며 "어디 가는데?" 하고 물었다.

미즈타니는 말없이 걸었다.

"야, 미즈타니. 정말 그냥 가도 될까? 역시 가와카미를 데려가는 편이 좋지 않겠어?"

진짜로 그냥 돌아가려는 걸까. 가와카미는 어떻게 할 생각일까. 부모님에게 말한다? 선생님에게 말한다? 하지만 정말로 그거면 될까.

미즈타니는 도중에 왔던 길과는 반대쪽으로 꺾어 들었다.

"어디 가느냐니까?"

나는 다시 물었다.

주변을 살펴보았지만 처음 보는 곳이었다. 어디로 향하는 건지, 우리 집이 어느 방향인지도 짐작이 가지 않았다.

미즈타니는 망설임 없이 왼쪽으로 꺾었다. 갑자기 넓은 길이 나왔다.

지금까지 지나왔던 미로같이 좁은 길과는 정반대로, 계

속 걸어가면 어쨌든 어딘가에는 다다를 것 같은 길이었다.

나는 미즈타니에게 말 걸기를 포기하고 비스듬히 뒤편에서 따라갔다.

소고기덮밥집 앞을 지나 라멘집이 나오자 누린내가 풍겼다. 편의점이 보여서 마실 것을 사러 잠깐 들르고 싶었지만, 미즈타니는 눈길 한번 주지 않고 편의점을 성큼성큼 지나쳤다.

이어서 작은 사진관을 지나자 파친코 게임장이 나타나서 움찔했다. 하지만 익숙지 않은 낡은 간판을 보고 아까 그 파친코 게임장과는 다른 가게임을 알았다.

문이 열리자 새어 나오던 소음이 아주 커졌다. 독한 담배 냄새에 속이 메슥거려 고개를 돌리고, 거리가 약간 벌어진 미즈타니를 종종걸음으로 쫓아갔다.

이윽고 길 앞쪽에 강이 보였다.

"혹시 가와카미 집으로 돌아가는 거야?"

어차피 대답은 돌아오지 않으리라 생각하고 물었지만, 미즈타니는 "응." 하고 짧게나마 대답해 주었다.

대답에 힘을 얻어 "뭐라고 할 거야?" 하고 거듭 묻자, 이번에는 대답이 돌아오지 않았다.

하지만 아무튼 이대로 돌아가지는 않으리라는 걸 알

고 안심했다.

역시 가와카미를 혼자 놓아둘 수는 없다. 또 거절할지도 모르지만 어떻게든 설득해야 한다.

미즈타니가 걸음을 멈췄다.

나는 미즈타니가 올려다보는 곳을 바라보았다.

바깥계단이었다.

아까 현관 쪽에서 집을 보았을 때와는 인상이 완전히 다르지만, 미즈타니가 여기서 멈췄으니 가와카미 집이 맞겠지.

그러고 보니 가와카미는 새 길이 생겨서 바깥계단을 만들었다고 했다. 즉, 이 길이 새로 생긴 길인가.

미즈타니는 날카로운 눈으로 바깥계단을 계속 쳐다보았다.

전체적으로 녹이 슬어 지저분한 느낌이 드는 계단에는 지난주 태풍 때 날아왔는지 나뭇잎, 나뭇가지, 비닐봉지, 진흙이 엉겨 붙어 있었다.

그리고 계단 곁에는 넘어져서 깨진 화분과 벽돌담이 그대로 방치되어 있어, 어쩐지 몹시 황폐한 상태였다.

— 요즘은 안 쓴다고 했으니 모르는 걸까.

미즈타니가 계단 첫 단에 발을 내디뎠다.

나도 따라가려 하자 "여기 있어." 하고 팔로 앞을 막았다.

단호한 말투에 반사적으로 멈췄지만 밑에서 기다리기는 싫었다. 미즈타니가 가와카미를 설득할 작정이라면 나도 함께 가고 싶었다.

나는 미즈타니를 부르려다 입을 다물었다.

미즈타니가 코 밑을 손가락으로 문지르고 있었기 때문이다.

미즈타니가 뭔가를 추리할 때 늘 취하는 동작. 미즈타니는 뭔가를 찾듯 시선을 움직이며 난간 반대쪽 벽에 손을 짚은 채 한 발짝 한 발짝 계단을 올라갔다.

나는 계단을 유심히 들여다보았다.

미즈타니는 대체 뭘 찾고 있는 걸까. 뭘 추리하고 있는 걸까. 애당초 뭐가 수수께끼일까.

갑자기 미즈타니의 걸음이 빨라졌다. 그대로 단숨에 계단을 올라 뒷문을 두드렸다.

"미즈타니?"

나는 다급히 밑에서 불렀다. 더는 기다릴 수가 없어 계단을 올라가는데, 반쯤 올라갔을 때 미즈타니가 "기다려." 하고 제지했다.

문에서 덜컥 소리가 났다.

하지만 열리지는 않고 몇 번 힘주어 문에 부딪치는 듯한 소리가 난 후에야 겨우 문이 열렸다.

"왜 또 왔어?"

가와카미는 동요한 것처럼 보였다.

느닷없이 미즈타니의 팔을 잡았다가 자신이 그랬다는 것에 놀란 듯 손을 놓았다.

"무슨 일이야, 두고 간 거라도 있어?"

평소와 다름없는 목소리로 말했지만 분명히 부자연스러웠다. 방금 미즈타니의 팔을 잡은 건 뭐였을까.

왜 그렇게 동요한 걸까.

"이 계단을 내려가서 길을 따라 조금만 가면 파친코 게임장이 나와, 그렇지?"

미즈타니는 가와카미의 질문에는 대답하지 않고 내가 있는 계단 아래쪽을 보며 말했다.

엇. 가와카미의 목소리와 내 목소리가 겹쳤다.

한순간 가와카미와 눈이 마주쳤다. 뭔가를 묻는 듯한 빛이 깃들어 있었지만, 나도 미즈타니가 무슨 이야기를 하려는 건지는 몰랐다.

"거기가 예전에 출금을 당했다는 가게야?"

미즈타니는 부드러운 말투로 재차 물었다.

가와카미는 입을 열지 않고 그저 미즈타니를 바라만 봤다.

"하지만 넌 '처음에 다녔던 게임장은 출금을 당했는지 그 근처의 다른 게임장에 다니게 됐다.'고 했지. 거기는 너희 아빠가 다녔던 게임장에서 가깝지 않아."

두 사람 사이에 긴박한 분위기가 조성됐다.

나는 왜 미즈타니가 지금 이 이야기를 꺼냈는지 모른다. 하지만 미즈타니가 뭔가를 추리했으리라는 것만은 안다.

미즈타니는 언제나 나와 다른 것을 본다.

아니, 똑같은 것을 보더라도 나와는 전혀 다른 정보를 거기서 읽어 낸다.

"그렇다면 너희 아빠가 출금을 당한 게임장은, 지금 다니는 게임장 근처에 있는 다른 게임장이었다는 뜻이지."

나는 가와카미의 아빠가 다닌다는 파친코 게임장에 가는 도중에 보았던 게임장을 떠올렸다.

그렇다, 그때 나는 저기가 예전에 출입금지를 당했다는 게임장 아닐까 생각했다.

그리고 아까 미즈타니와 함께 또 다른 파친코 게임장을 보았다.

즉, 이 부근에는 파친코 게임장이 적어도 세 군데는 있는 셈이다. 그런데 그게 뭘 의미하는 걸까.

"너희 아빠는 가지 않으려고 애써도 결국은 파친코 게임장에 가고 말아. 그러니 이번에 출금을 당하더라도, 아직 출금을 당하지 않은 가게에 또 가지 않을까."

— 확실히 그렇다.

"요 부근에 파친코 게임장이 두 곳밖에 없어서 두 곳 다 출금을 당해 버리면 파친코를 계속하기가 상당히 어려워지지 않을까 싶었어. 집에 차는 없는 모양이고, 택시나 버스, 전철을 타면 돈이 들지. 장애인 수첩이 있으면 할인되겠지만, 적어도 그만두라고 애원하는 것보다는 확실히 저지력이 강할 거야. 하지만 이렇게 가까이에 한 곳이 더 있다면 이야기는 달라져."

미즈타니는 거기서 말을 일단 멈췄다.

한숨 돌리고 계속할 줄 알았는데, 가와카미의 대답을 기다리듯 그대로 입을 닫았다.

먼저 시선을 돌리고 입을 연 것은 가와카미였다.

"……그럴지도 모르지."

한숨 섞인 목소리로 말하고 다시 입을 다물었다.

나는 몸이 무거워지는 것을 느꼈다.

그렇다면 이번 작전은 헛수고였단 말인가. 애써 세운

계획 자체는 잘 풀리지 않았지만, 어쨌든 가와카미 아빠는 그 가게에 출금을 당했을지도 모르는데.

"그 사람은 어떻게 해서든 파친코를 계속할 거야."

가와카미가 허공을 바라보고 말했다. 눈이 대번에 흐려졌다.

뭔가 말해야 한다. 하지만 무슨 말을 해야 좋을지 모르겠다. 어떻게 하면 좋을지도, 뭐라고 하면 가와카미를 위로할 수 있을지도.

나는 미즈타니를 보았다.

미즈타니가 뭔가 말해 주기를 바라면서.

미즈타니는 가와카미에게서 시선을 떼지 않았다.

방금과 똑같은 자세로 입을 열었다.

"그래서 죽기를 바란 거야?"

뭐, 하고 외치는 소리가 목구멍에 걸렸다.

얘가 지금 무슨 소리를 하는 거지.

죽는다니? 누가?

하지만 가와카미는 되묻지 않았다. 무슨 이야기냐고도, 그런 생각을 할 리가 없지 않느냐고도 말하지 않았다.

"처음부터 마음에 걸리기는 했어."

미즈타니가 말을 이었다.

"아빠를 파친코 게임장에 못 다니게 하고 싶다고 했을 때, 넌 어쩐지 게임장에 출금을 당하는 방향으로 이야기를 유도하고 싶어 하는 것처럼 보였어. 다른 게임장에서 출금을 당한 이야기를 하고 '아무튼 게임장에 들어가면 말짱 도루묵'이라고 강조했지. 그때는 그저 예전에 그런 일이 있었으니까 같은 방법으로 해결하려는 줄로만 알았는데, 나중에 인터넷으로 찾아보고 요 주변에 파친코 게임장이 하나 더 있다는 걸 알았어. 그래도 여전히 가능성이 몇 가지 더 있다고 생각했지만."

"가능성?"

내가 되묻자 미즈타니는 나를 보았다. 하지만 바로 다시 가와카미에게 고개를 돌리더니 손을 펼치고 엄지손가락을 접었다.

"첫 번째는 혹시 아빠가 세 번째 가게에 다니면 거기도 출금시키려 한다는 가능성. 하지만 이건 위험성이 너무 높아. 처음에는 계획이 성공하더라도 다음부터는 몹시 경계할 테니까."

미즈타니는 집게손가락도 접었다.

"두 번째는 가와카미가 세 번째 파친코 게임장의 존재

를 몰랐을 가능성. 하지만 이건 가와카미가 바깥계단을 최근까지는 사용했다는 이야기로 부정할 수 있지. 그 파친코 게임장은 간판이 낡은 걸로 봐서 요즘 새로 생긴 곳 같지는 않았어."

그리고 세 번째, 하고 미즈타니가 가운뎃손가락을 접었다.

"어쩌면 눈이 안 좋은 사람은 세 번째 파친코 게임장까지 가기가 쉽지 않을 가능성. 자잘한 턱이 많다거나, 횡단보도에 신호등이 없고 장애물이 시야를 가린다거나 등등 지도만 봐서는 모를 뭔가가 있을지도 모르니까. 하지만 아까 실제로 걸어 보니 다른 길과 다른 점은 딱히 없었어."

나는 침을 꿀꺽 삼켰다.

― 방금 전 미즈타니가 그런 점을 확인하며 걸었다니.

"그렇다면 분명 가와카미 아빠는 다시 파친코를 하러 다니게 될 거야. 그리고 가와카미도 그걸 예상할 수 있었겠지."

미즈타니는 접었던 손가락을 살며시 폈다.

숨을 들이마신 후 그렇다면, 하고 말을 이었다.

"오히려 네 목적은 그 게임장에 출금을 당하는 게 아니라, 그 게임장에 못 다니게 함으로써 세 번째 파친코 게임장에 다니게 하는 것 아니었을까."

— 세 번째 파친코 게임장에 다니게 하는 것이 목적이었다?

"세 번째 파친코 게임장에 가려면 이 바깥계단을 사용하는 편이 월등히 빨라. 문이 뻑뻑하더라도 1층 현관으로 나가면 이 땡볕 아래 길을 빙 돌아가야 하니까 바깥계단을 선택하겠지. 그리고 바깥계단을 사용한다면 눈이 좋지 않은 가와카미 아빠는 난간을 붙잡을 거야."

미즈타니는 그렇게 말하며 위에서 두 단 아래의 계단 옆쪽 난간을 돌아보았다.

나도 따라서 시선을 주었다.

한순간 이 난간이 어쨌다는 걸까 생각하다 위화감을 느꼈다.

— 뭔가 이상하다.

나는 계단을 두 단 올라갔다.

난간에는 천 같은 것이 감겨 있었다. 아니, 이건 천에 그린 난간 그림이다.

미즈타니가 난간을 향해 한 발짝 내디뎠다. 가와카미가 미즈타니를 말리려는 것처럼 손을 뻗었다.

하지만 미즈타니는 아랑곳하지 않고 천을 벗겼다.

난간에 생긴 녹과 흠집, 그림자까지 꼼꼼하게 그린 천. 그 아래 난간은 종이테이프로 고정되어 있었다.

"이거라면 시선을 제대로 주지 않고 힐끗 봤을 때 눈치채지 못할지도 몰라. 게다가 가와카미 아빠는 술을 마시고 다닐 때가 많고 눈도 좋지 않지."

시야가 좁아지고 눈앞이 캄캄해졌다.

만약 가와카미 아빠가 이 천에 그려진 난간을 진짜 난간이라 생각하고 붙잡는다면.

"술에 취한 상태로 이 높이에서 떨어지면 다치는 정도로는 넘어가지 않을지도 몰라. 밑에는 깨진 화분과 벽돌담이 있으니 잘못 부딪히면 살아남지 못할 거야."

나는 굳은 고개를 돌려 계단 곁을 내려다보았다.

거기에는 아까 계단 밑에서 보았을 때와 똑같은 광경이 펼쳐져 있었다.

"……설마."

쥐어 짜낸 목소리가 갈라졌다.

"미즈타니, 잠깐."

일부러 웃음을 섞어서 말하자 뺨이 약간 풀어졌다.

"아무리 그래도 그건 너무 지나친 생각이야. 이건 분명 사소한 장난일 거고……."

"장난?"

"어, 그러니까 분명 가와카미 아빠도 난간이 망가진 건 알고 있을 거야. 위험하니까 사용하지는 않지만, 이대로 놔두면 보기에 안 좋으니까 그림을 잘 그리는 가와카미에게 부탁해서……."

"아까 가와카미는 2층 창문으로 밖을 못 보도록 하려고 애썼어."

미즈타니가 끼어들었다.

"창밖의 풍경에 대해 이야기하고 있는데 커튼을 치고, 창문에서 멀어져 대화를 중단했지. 애당초 집 안을 조금이라도 시원하게 하려면 선풍기만 트는 게 아니라 일단 창문부터 여는 게 자연스러워. 그래서 창밖에 뭔가 보지 말았으면 하는 게 있는 것 아닐까 싶었어. 만약 아빠 부탁으로 한 일이라면……."

"아버지는 몰라."

미즈타니의 말을 막은 건 가와카미였다.

나는 굳은 고개를 가와카미 쪽으로 돌렸다.

가와카미는 가느다란 한숨을 길게 내쉬었다.

"미즈타니는 정말 뭐든지 다 아는구나."

가와카미의 말이 무슨 의미인지 당장은 이해가 되지

않았다.

뭐든지 다 안다. 즉, 미즈타니의 말이 맞다는 뜻인가.

계단이 휘청 기울어지는 느낌이 들었다. 당황해서 난간 반대쪽 벽에 손을 짚었지만 가와카미와 미즈타니는 멀쩡했다.

다시 모여서 자기부상열차를 만들자고 했을 때 "이번 일이 끝나면." 하고 곰곰이 생각하는 표정으로 말했던 가와카미의 얼굴이 문득 떠올랐다.

그리고 아까 집을 나서려 했을 때 우리에게 "정말로 고마워." 하고 어쩐지 힘없이 웃으며 말했던 것도.

그러고 보니 가와카미가 내 이름을 부른 건 그때가 처음이었다는 걸 왠지 지금에서야 깨달았다.

"하지만……."

그래도 나는 미련을 버리지 못하고 입을 열었다.

"아무리 아빠가 파친코를 못 끊는다지만, 그런 이유만으로 죽이려고 하다니……."

"그뿐만이 아니야."

미즈타니가 내 말을 딱 끊고 가와카미를 보았다. 마치 계속 말해도 되느냐고 확인하듯이.

가와카미는 아무 말도 하지 않았다. 하지만 미즈타니를

말리지도 않았다.

미즈타니는 그래도 잠깐 망설이다가 말을 꺼냈다.

"가와카미는 아빠에게 폭력을 당하고 있는 것 아닐까."

ㅍㅗㄱㄹㅕㄱ이라는 글자가 머릿속에서 잘 조합이 되지 않았다.

그런데도 소름이 쭉 끼친 것을 자각하고서야 드디어 폭력이라는 단어가 떠올랐다.

"미술시간에 야노가 물을 끼얹었을 때 가와카미가 아픔을 참는 듯한 표정을 지었다고 했잖아. 그게 제일 먼저 마음에 걸렸어."

아까부터 내내 가와카미에게서 시선을 떼지 않았던 미즈타니가 어느덧 눈을 내리뜨고 있었다.

"누나한테 물어 보니 생리가 오면 배가 아프거나 허리가 쑤시기는 하지만, 물을 끼얹는다고 피부가 아리지는 않는다고 했어. 만약 아린다면 다른 상처가 있는 것 아니겠느냐고 했지."

— 다른 상처.

그게 구체적으로 어떤 상처인지는 모른다. 하지만 생리혈이 새어 나왔다고 착각할 만큼 옷에 피가 묻어 있었다면, 제법 큰 상처 아닐까.

"게다가 가와카미는 수영 수업을 쉬었어. 생리불순일 가능성도 있겠지만 그렇다고 한 번도 참가하지 않는 건 부자연스러워. 그저 맥주병이라서 꾀병을 부렸거나, 아니면 수영복을 입고 싶지 않았던 거겠지."

그날 가와카미가 입었던 5부 소매 카디건이 머릿속에 떠올랐다.

돌이켜보면 이렇게 더운데 가와카미가 팔뚝을 내놓은 모습을 본 적이 없다.

"그 피는 생리 때문이야."

가와카미가 무덤덤한 목소리로 말했다.

"하지만 피부가 아닌 건, 너희 누나 말대로 다른 상처 때문이고."

거기까지 말하고 가와카미는 나른해 보이는 표정으로 머리를 쓸어 올렸다.

"이상한 상상하면 싫으니까 말하는데, 그냥 유리 조각 위에 넘어져서 베인 거야."

그 말에 나는 깜짝 놀랐다.

"유리 조각이라니……."

"아빠는 일단 물건에 성질을 부리거든. 의자를 걷어차거나 술병을 집어 던지는 식으로. 그러다 더 폭발하면 다음은 내 차례야."

머리가 어질어질해서 무슨 말인지 잘 이해가 되지 않았다. 다음은 내 차례…….

아까 내가 '혼자 있으면 위험해.' 하고 걱정하자 가와카미는 '자주 있는 일인걸, 뭐.' 하고 대답한 후 '컵라면도 많으니까.'라고 덧붙였다.

혼자서 집을 볼 때가 많고, 자기도 만들 수 있는 음식이 있다는 뜻인 줄 알았다.

하지만 그건 전혀 다른 의미 아니었을까.

좋은 자리에 앉지 못했다는 이유만으로 점원을 때렸다는 가와카미 아빠.

'하지만 아빠가 언제 돌아올지도 모르는데.'

'어차피 금방 돌아올 거야.'

왜 가와카미는 경찰에 끌려간 아빠가 금방 돌아올 거라 생각했을까. 그건 예전에도 비슷한 일이 있었기 때문 아닐까.

그리고 이제 막 시작된 여름방학은 앞으로 한 달도 넘게 남았다.

내게는 즐거운 여름방학이, 가와카미에게는 급식 없는 나날이 이어진다는 뜻 아니었을까.

"난간이 망가진 건 최근이야?"

미즈타니가 따스하게까지 느껴지는 목소리로 물었다.

가와카미가 응, 하고 대답했다.

"아마 요전에 태풍이 왔을 때."

태풍이라면 수영 수업이 있기 전날이다.

"뭔가 날아와서 부딪쳤는지 난간이 부러져서 덜렁거리더라고. 일단 집에 있던 종이테이프로 고정시켰지만, 체중을 실으면 넘어질 것 같았는데…… 그러다 생각이 번쩍했지. 이건 써먹을 수 있겠다고."

가와카미의 목소리가 흐릿하게 들렸다.

"처음에는 도화지에 수채물감으로 그려 봤어. 하지만 아무래도 질감을 잘 표현할 수가 없어서, 옛날에 엄마가 썼던 유화물감으로 그렸더니 원하던 질감이 나오더라."

엄마라는 말을 듣고 나는 알아차렸다.

가와카미가 한 번도 자기 아빠를 아빠라고 친근하게 부르지 않았다는 사실을.

"원래는 엄마가 그림을 그렸어."

목소리의 윤곽이 아주 살짝 부드러워졌다.

"얼마나 잘 그렸는지 몰라. 나, 엄마 그림을 진짜 좋아했어."

가와카미는 미즈타니가 쥐고 있는 난간 그림을 바라보았다.

"힘든 일이 있을 때 내가 그림을 그리면, 엄마는 그 그림을 읽듯이 찬찬히 들여다보고 다른 그림을 그려 줬어. 말로 괜찮다고 위로해 주지는 않았지만, 엄마의 그림이 그렇게 말해 준다는 걸 알 수 있었지. 그림으로 교환일기를 쓰는 것 같다고 했더니 정말 그렇다며 웃었는데……."

말끝을 흐리더니 그대로 입을 다물었다.

나는 콧속에 날카로운 통증을 느끼고 입술을 꽉 깨물었다. 여기서 내가 울면 안 된다.

"……어른에게 상담할 수 없을까."

내 목소리는 꼴사납게 흔들렸다.

"그게, 이건 학대잖아. 아동상담소에 신고해서……."

"안 돼."

가와카미의 공허한 눈에 허공이 비쳤다.

"잠깐은 보호받을 수 있겠지만 언젠가는 찾으러 와. 그 사람은 절대로 날 놓아주지 않거든. 그리고 처벌을 받으면 이사해. 그 아동상담소의 담당 구역 밖으로."

나는 아무 말도 할 수 없었다.

반박할 수 있는 말은 하나도 없었다. 애당초 어째서 돌려보내는 건지도 모르겠으니까.

주변에서도 학대가 있다는 걸 알뿐더러 간신히 도망쳤는데 왜 다시 돌려보내는 걸까.

그러고 보니 분명 가와카미는 작년 2학기에 전학을 왔다.

나는 주먹을 힘껏 움켜쥐었다.

손톱이 손바닥을 파고들어서 아파도 더 꽉.

— 하지만 이런 건 아픈 것도 아니야.

가와카미를 괴롭히는 건 이렇게 참을 수 있을 만한 고통이 아니다. 언제든지 피할 수 있는 이런 고통이 아니다.

가와카미를 돕고 싶었다.

미즈타니 집에서 웃었을 때처럼 또 웃기를 바랐다. 그때보다 훨씬 활짝. 하지만 어떻게 하면 가와카미를 도울 수 있을까.

엄마에게, 라는 말이 떠올랐다.

엄마에게 어쩌면 좋을지 물어본다.

미즈타니의 컴퓨터로 조사해 본다.

떠오른 생각을 입에 담을 수 없었다.

이런 말로는 절대 가와카미의 마음을 열 수 없다.

누가 뭐래도 투명 셔터를 올리지 않던 가와카미가 처음으로 믿고 의지해 주었는데.

거기까지 생각하다 문득 궁금해졌다.

가와카미는 왜 우리를, 미즈타니를 끌어들이려고 한 걸까.

미즈타니라면 파친코 게임장에 아빠의 출입이 금지될 방법을 떠올려 줄 것 같아서?

하지만 그 후에 아빠를 죽이는 것이 가와카미의 목적이었다면, 일부러 출입금지를 시켰다는 사실을 절대로 아무에게도 들키면 안 된다.

그러다 진짜로 가와카미 아빠가 죽는다면 미즈타니처럼 머리가 좋지 않은 나조차 뭔가 눈치챘을지도 모른다.

그런데 어째서.

"사진을 사용하자."

미즈타니의 목소리를 듣고 정신을 차렸다.

고개를 들자 가와카미가 의아한 듯이 "사진?" 하고 되물었다.

응, 하고 미즈타니는 고개를 끄덕였다.

"난간 사진을 찍어서 실물 크기로 인쇄하는 거야. 그걸 여기다 붙이면 감쪽같이 속아 넘어갈걸."

미즈타니는 무슨 소리를 하는 걸까.

그래서는 가와카미가 하려던 짓과 다를 바 없다.

"카메라, 컴퓨터, 프린터 전부 마음대로 쓸 수 있으니까 지금 집에서 카메라를 가져오면 오늘 안에 준비할 수 있어."

미즈타니는 가와카미를 똑바로 쳐다봤다.

자석 얍삽이라면 가게에 피해를 주지 않을지도 모르겠다고 말했을 때와 똑같이, 냉정하게 계획을 검토하는 표정으로.

"……죽이면 안 된다고 안 말려?"

가와카미가 겁먹은 듯한 시선을 던졌다.

목소리도 약간 갈라졌다.

믿기지 않는 것을 목격한 듯한 그 표정을 보고 나는 혹시 싶었다.

가와카미는 미즈타니가 말려 주기를 바란 게 아닐까. 그래서 일부러 미즈타니를 끌어들이려 한 건 아닐까.

뭐든지 다 아는 미즈타니라면 자신의 진짜 목적도 알아차릴지 모른다. 알아차리면 말려 줄지도 모른다.

"죽여도 돼."

하지만 미즈타니는 그렇게 말했다.

"그딴 놈은 죽어도 싸."

가와카미의 눈이 커졌다.

그 시선이 방황하듯 허공을 맴돌았다.

미즈타니의 말이 무슨 뜻인지 찾는 것처럼.

"그게 무슨 소리야, 미즈타니."

나는 참지 못하고 입을 열었다.

무서웠다.

만약 이대로 함께 사진을 찍어 계획을 실행하자는 방향으로 이야기가 흘러간다면.

파친코 게임장에 출입금지를 당하도록 얍삽이 장치를 만드는 것과, 아빠를 죽이기 위한 함정을 만드는 건 완전히 다른 이야기다.

그런데도 미즈타니는 아무 차이도 없다는 듯한 표정이었다.

말려야 한다. 그런 짓을 해서는 안 된다.

"진정해."

미즈타니가 냉정한 상태라는 걸 알면서도 그렇게 말했다.

"분명 다른 방법이 있을 거야. 일단은 어른과 상담하는 편이……."

"하지만 이걸 사용해서는 안 돼."

미즈타니가 내 말을 막듯이 다시 입을 열었다.

가와카미가 고개를 번쩍 들었다.

"이런 일에 그림을 사용하면, 넌 두 번 다시 그림을 그릴 수 없게 될 거야."

가와카미의 시선이 미즈타니가 들고 있는 난간 그림으로 내려갔다.

다음 순간이었다.

가와카미의 얼굴이 잔뜩 일그러졌다.

보이지 않는 힘에 찌부러진 것처럼, 입술을 벌벌 떨며 눈을 꾹 감았다.

악문 잇새로 오열이 작게 새어 나왔다. 하지만 울음을 삼키려는 듯 가와카미는 입술을 깨물었다.

미즈타니는 미동도 하지 않았다.

그저 그림을 든 채 가와카미를 바라보았다.

나도 움직일 수 없었다. 실은 다가가고 싶었다. 뭐라고 해 줄 말은 없지만, 그래도 가와카미의 이름을 부르고 싶었다.

하지만 지금 내게 그럴 자격은 없다.

나는 미즈타니의 손안에서 바람에 흔들리는 가와카미의 그림을 보았다. 분명 몇 날 며칠이나 수없이 그리고 또 그려서 완성했을 난간 그림.

그 뒷면에는 그날의 자석 시트가 붙어 있었다.

3부

작전회의는 가을의 비밀

꺼림칙한 예감이 들기는 했다.

남자 고학년 이어달리기에서 청팀의 마지막 주자를 맡은 6학년 학생이 열 때문에 결석한다는 이야기를 들었을 때, 운동회가 시작되고 첫 번째 경기인 머리 위로 큰 공 넘기기에서 청팀이 졌을 때, 이어서 시작된 1학년 50미터 달리기가 끝난 후 득점판을 보았을 때, 그리고 오전 마지막 경기인 6학년 100미터 달리기가 진행되는 중에 와타베 군이 "야, 사토하라." 하고 불렀을 때.

아니, 그보다 전에 오늘 아침 학교에 와서 교실 창문에 줄줄이 매달아 놓은 해나리 인형을 보았을 때부터 어쩐지 불길한 예감이 들었다.

웃는 얼굴, 무표정, 놀란 얼굴, 찡그린 얼굴. 얼굴을 그리지 않은 해나리 인형도 몇 개 있었다.

어제 학급 활동 시간에 에기 선생님의 제안으로 해나리 인형을 만들던 중에 미즈타니가 "해나리 인형을 만들 때 얼굴을 그리지 않는 게 맞다는 설도 있어."라고 말했기 때문이다.

"그 설에 따르면 비를 바랄 때는 얼굴을 그려서 매달고, 맑기를 바랄 때는 아무것도 그리지 않고 매단 후에 소원이 이루어지면 얼굴을 그려 넣고 신주를 공양한 다음 강에 흘려보낸대."

미즈타니의 말에 가까운 자리에 앉아 있던 아이들이 웅성거렸다.

어, 진짜?

휴, 얼굴 그릴 뻔했네.

어쩌지, 벌써 그렸는데.

허둥지둥 다시 만드는 아이도 있었지만 이미 얼굴을 그려 넣은 나는 다시 만들지 않았다.

솔직히 운동을 못하는 나로서는 운동회가 평생 오지 않는 편이 낫기 때문이다.

하지만 해나리 인형의 목을 묶은 고무줄에 실을 꿰어 접착테이프로 창문에 붙일 즈음엔 어차피 비가 온들 중지가 아니라 연기만 될 테니 차라리 얼른 끝내는 편이 낫겠다는 생각이 들었다.

토요일에 비가 오면 운동회는 일요일로 늦춰진다. 일요일도 비가 오면 원래 대체 휴일로 예정된 월요일로, 그래도 안 되면 다음 주다.

일요일이나 대체 휴일이 날아가는 건 왠지 손해 보는 기분이고, 다음 주로 밀리면 그때까지 우울한 기분을 맛봐야 한다.

역시 다시 만들까 싶어 교실을 돌아보았지만, 창가 자리에 앉은 미쓰하시 군도 평범하게 얼굴을 그려 넣는 걸 보고 그냥 두기로 했다. 어차피 이런 건 다 미신이다.

그 결과 운동회 당일은 무사하게도 날씨가 화창했지만, 줄줄이 매달린 해나리 인형을 보고 있자니 가슴속이 묘하게 어수선했다.

그때는 그냥 곧 시작할 운동회 때문에 긴장해서 그런 줄 알았는데, 지금 이렇게 흰색 체육복을 입고 해나리 인형들처럼 늘어앉은 아이들을 보니 그때의 불안감은 어떤 예감이 아니었을까 싶은 기분이 들었다.

"다 왔지?"

와타베가 나지막한 목소리로 말했다. 번득이는 눈을 오

른쪽에서 왼쪽으로 움직여 시선으로 우리를 훑었다.

"잘 들어. 이대로 가면 청팀은 져."

와타베는 중대한 사실을 발표하듯 말했다.

물론 다들 알고 있었으므로 놀랍지는 않다. 그러나 새삼 강조하자 음울한 분위기가 더 무거워졌다.

와타베가 고개를 돌려 득점판을 올려다봤다.

청팀 246점, 백팀 392점.

확실히 이대로 가다가는 참패가 확실한 득점차였다.

오늘을 포함해 지금까지 다섯 번 운동회에 참가했지만, 이렇게까지 점수가 벌어진 건 처음이었다.

팀은 선생님이 학생들의 운동 능력을 감안해 되도록 서로 수준이 비슷하게끔 계산해 결정한다고 들었다. 따라서 매년 비슷한 점수가 나오며, 마지막 경기까지 승패를 알 수 없으니 열기가 뜨겁게 달아오른다.

하지만 생각해 보면 서로 비슷한 수준이니까 확률상으로는 얼마든지 이런 결과도 나올 수 있다. 어느 쪽이 이겨도 이상하지 않은 이상, 우연히 백팀이 이겼다는 결과가 쌓이면 당연히 점수가 크게 벌어진다.

"지금까지 청팀이 이긴 단체 경기는 1학년의 바구니에 공 넣기와 3학년의 막대 뽑기(출발 신호와 함께 운동장 가운데 놓인 막대를 더 많이 가져오는 팀이 이기는 경기 - 옮긴이)뿐이야."

와타베가 구깃구깃해진 프로그램 편성표를 펼쳐서는 손가락으로 짚어 가며 말했다.

"오후에 점수를 딸 수 있는 경기는 5학년의 기마전, 그리고 6학년의 줄다리기와 이어달리기. 하지만 하야마 형이 못 뛴다면 솔직히 이어달리기는 이기기 힘들어."

본인도 이어달리기 선수라서인지 억울하다는 듯 인상을 찡그렸다.

하야마 형은 우리 학교에서 제일 발이 빠른 사람이다. 선생님이 팀을 나눌 때 아무리 고심해도 균형을 이룰 수 없을 만큼 압도적으로 빨라서, 설령 20미터나 뒤처졌어도 쭉쭉 따라가서 앞지른다.

하야마 형이 있는 한, 남자 고학년 이어달리기는 청팀이 이길 수밖에 없다는 건 백팀 아이들마저 인정하는 사실이었다. 그렇기에 하야마 형이 없으면 단숨에 실력이 뒤집히고 만다.

여자가 이긴다고 해도 무승부, 즉 이어달리기에서는 점수를 얻을 수 없다.

"그러니까 기마전에서 반드시 이겨야 해."

와타베가 잘 알아듣도록 설명하듯이 말했다.

불러 모은 5학년 청팀 남학생들을 천천히 둘러보다가 어느 한 곳에서 고개를 멈췄다.

"미쓰하시."

올 게 왔구나 싶었다.

두려워하던 일이 시작된다.

"너 왜 제대로 안 하는 거야."

시선을 돌리자 미쓰하시는 입을 꾹 다문 채 눈을 내리깔고 있었다. 분명 미쓰하시도 이렇게 되리라고 예상했으리라.

"야, 내 말 듣고 있어?"

와타베가 강한 말투로 으르댔다.

미쓰하시는 고개를 작게 끄덕였지만 입은 열지 않았다. 늘 단정하게 매만진 헤어 스타일에, 옷을 잘 차려입고 다녀서 여자애들에게도 멋지다는 평가를 받는 미쓰하시는 구부정한 자세로 어깨를 움츠린 채 얼굴을 푹 숙였다.

"야, 인마."

와타베가 머리를 벅벅 긁으면서 한숨을 쉬더니 미쓰하시를 노려봤다.

"또 어제 같은 짓만 해 봐라. 아주 박살을 내 버릴 테니까."

"와타베."

옆에 있던 구보가 약간 당황한 표정으로 와타베의 어깨를 두드렸다.

"야, 무섭게 왜 그래."

장난스러운 투로 말했지만 와타베는 시끄러워, 하고 구보의 손을 뿌리쳤다.

"진짜 못하는 놈한테 하라고 억지를 부리는 게 아니잖아. 이 자식은 이게 장난인 줄 안다니까."

와타베의 말에 구보가 입을 다물었다.

장난으로 여기는지 그렇지 않은지와는 별개로, 확실히 어제 전체 연습 때 미쓰하시의 움직임은 좋지 않았다.

기마 위에 올라탄 기수로서 적팀의 모자를 빼앗아야 하는데 전혀 싸우려 들지 않았던 것이다.

적이 없는 방향으로 가라고 지시를 내리고, 기마가 지시를 어기고 적 앞으로 데려가도 자기 모자를 지키는 데 급급할 뿐 손을 앞으로 뻗지 않는다.

모자를 빼앗기지는 않지만 빼앗지도 못한다. 와타베가 이끄는 기마가 도우러 가서 협공으로 빈틈을 만들었는데도 공격에 나서지 않았다.

결과는 패배. 물론 미쓰하시 탓만은 아니었지만 와타

베가 제대로 하라고 닦달하는 것도 뭐, 이해 못할 바는 아니다.

그러나 나로서는 미쓰하시의 기분도 이해가 갔다.

나는 아래에서 떠받치는 기마 중에서도 뒤쪽에 위치하지만, 만약 기수였다면 달아나고 싶었을 것이다. 기마들은 서로 격렬하게 맞붙고, 기수의 싸움은 더욱 무섭다.

허리를 편 채 몸을 앞으로 뻗는 불안정한 자세로 싸우다가 공격을 받고 기마에서 떨어지는 아이도 많다.

더구나 모자를 빼앗기는 순간 아웃이라 더는 경기에 나설 수 없다.

"야, 할 마음은 있어?"

와타베가 묻는다기보다 윽박지르는 듯한 목소리로 말했다. 나는 내게 한 말도 아닌데 움찔했다.

할 마음이 있느냐고 만약 내게 묻는다면 당장 고개를 끄덕이지는 못하겠지. 없다고 대답할 수는 없겠지만, 있다고 당당히 말할 수 있을 만큼 열심히 하지도 않았다.

나는 시선만 움직여 응원석을 보았다.

'청팀 힘내라!'

'백팀 절대 승리!'

눈부신 햇살 속에서 크게 펄럭이는 현수막에는 강한 의

지와 힘이 담긴 글자가 적혀 있었다.

내게는 그만 한 의지도 힘도 없다.

아침에 교실에서 체육복으로 갈아입고 운동장으로 나와서는 그저 의무를 다한다는 마음으로 응원석에 짐을 놓고 개회식 대형으로 줄을 섰다.

선수 선언과 우승컵 반환 등의 의식을 남의 일처럼 바라보는 동안 개회식이 끝나고, 정해진 동작을 건성으로 따라 하는 준비체조를 마친 후 머리 위로 큰 공 넘기기가 시작됐다.

학년순으로 줄을 서서 뒤쪽에 있던 나는 신호총 소리와 동시에 움직이기 시작한 큰 공을 멍하니 눈으로 좇았다.

금방 공이 시야에서 사라졌다. 이제 어디쯤 왔을까 생각한 순간, 공이 머리 위를 힘차게 지나갔다.

돌아보자마자 다시 공이 시야에서 사라졌다. 몇 초 후에 탕, 탕, 하고 신호총 소리가 두 번 들렸다.

백팀 6학년이 펄쩍펄쩍 뛰며 좋아하는 걸 보고 졌구나 싶었다.

"머리 위로 큰 공 넘기기는 백팀의 승리입니다."

안내 방송이 울려 퍼지자 운동장 전체가 물결치듯 들끓었다. 머리를 끌어안고 아쉬워하는 반 아이들 옆에서 아무

것도 건드리지 않은 손을 내려다본 것이 기억났다.

저학년 때는 어떻게든 공을 만지려고 열심히 팔을 뻗었다. 하지만 모두가 공을 넘기기 위해서라기보다 그저 경기에 참가하고 싶어서 팔을 뻗은 결과, 오히려 공이 떨어지거나 되돌아간다는 걸 안 후로는 공이 내 쪽으로 오면 팔을 뻗었고 아니면 가만히 서 있었다.

올해는 내 쪽으로 공이 왔는데도 팔을 들 기회를 놓쳤지만, 설령 들었어도 결과는 달라지지 않았을 것이다.

"미쓰하시, 오늘은 진심으로 해. 알겠냐."

그래서 정말로 화난 듯한 와타베의 얼굴을 보며 신기한 기분이 들었다.

어쩌면 저렇게까지 승리에 연연할 수 있는 걸까.

이기든 지든 운동회는 하루뿐이니까 일상은 변함없을 테고, 어차피 두 팀뿐이니 아이들의 절반은 지는 셈인데.

이렇게 누군가를 다그치면서까지 반드시 이겨야 하는 걸까.

"최소한 기마 하나는 잡아내."

와타베가 그렇게 말을 툭 내뱉고 일어섰다. 드디어 지겨운 시간이 끝났다고 생각했을 때였다.

"아니, 미쓰하시는 틀리지 않았어."

갑자기 목소리가 들려서 돌아봤다. 담담한 표정으로 입을 연 사람은 미즈타니였다.

"뭐라고?"

와타베가 말끝을 끌어올리며 고개를 내밀고 미즈타니를 쳐다봤다.

"그게 뭔 소리야."

입에서 튀어나온 침이 미즈타니에게 묻을 뻔했지만 미즈타니는 개의치 않고 평소 추리를 할 때처럼 집게손가락을 세웠다.

"기마전에서 제일 중요한 건, 자기가 이기려고 마음먹지 않는 거야."

"얘가 뭐래?"

와타베의 목소리가 더욱 날카로워졌고, 구보도 "이기려고 마음먹지 않는다니 그게 무슨 뜻이야." 하고 고개를 갸우뚱했다.

"이기지 않으면 의미가 없잖아."

"일단 기마는 뒤쪽과 옆쪽이 약해."

미즈타니는 구보의 말이 끝나기가 무섭게 이야기를 시작했다.

"단독으로 가면 정면 대결을 하게 되니까, 반드시 혼자

대 다수의 상황을 만들어야 해."

"하지만 처음에는 기마의 수가 똑같은데 어떻게 그러냐?"

미즈타니가 와타베를 보았다.

"그때 중요한 게 각 기마의 역할 분담이야."

말하면서 가운뎃손가락도 세웠다.

"대강 설명하자면 움직임이 빠른 기마와 키가 큰 기마는 해야 할 일이 달라. 움직임이 빠른 기마는 적을 혼란시키는 데 적합하지만, 적의 모자를 빼앗으려 했다가는 반격을 당하기 일쑤지. 반대로 키가 큰 기마는 공격에 적합하지만, 키가 크고 몸무게가 나가는 아이가 올라탄 이상 움직임이 둔하니까 적이 주의를 기울이면 불리해."

막힘 없는 말투에 드디어 와타베의 얼굴에서 성난 기색이 사라졌다.

미즈타니는 즉, 하고 손을 쫙 폈다.

"움직임이 빠른 기마는 모자를 빼앗으려 하지 말고 적의 기마 앞을 돌아다니며 주의를 끌어야 해. 그리고 적이 그 움직임에 정신이 팔린 틈을 타서 키가 큰 기마가 뒤나 옆에서 단숨에 공격하는 거지."

그리고 적과 맞붙었을 때는 기마가 기수를 최대한 들어

올리는 것도 비결이야, 하고 말한 후 일어섰다.

그대로 떠날 줄 알았는데 나뭇가지를 주워서 아이들 앞으로 돌아왔다.

그리고는 "미쓰하시, 사토, 히라야마, 나는 움직임이 빠른 기마. 와타베, 기지마, 무라세, 도다, 다카하시는 키가 큰 기마. 우에키와 오타는 굳이 따지자면 키가 큰 기마려나." 하면서 땅바닥에 그림을 그렸다.

"일단 처음에는 이렇게 늘어서지. 여기서 적진을 분리시키려면 어떻게 움직여야 할까?"

"어떻게라니…… 이렇게?"

와타베가 머뭇거리며 비스듬히 선을 그었다.

"정답."

미즈타니는 퀴즈 프로그램의 사회자처럼 말하고 와타베가 그은 선을 더 길게 그었다.

"좀 더 정확하게는 절반씩 비스듬히 퍼져서 가장자리를 차지하고 돌아가는 거야."

와타베는 가로 한 줄로 늘어선 진영에서 좌우로 비스듬히 선을 그었을 뿐이지만, 미즈타니는 경기장 가장자리까지 선을 쭉 긋고 화살표를 그렸다.

"이렇게 맨 먼저 치고 들어가는 부대는 움직임이 빠른

기마야. 지금까지 연습할 때는 다들 뿔뿔이 흩어져서 적당히 움직이다가 어디서 맞부닥치면 싸우는 식이었으니까, 단숨에 가장자리에 모이면 상대방은 당황하겠지."

"그렇구나."

와타베가 눈을 반짝거렸다.

"상대가 허둥지둥 움직임이 빠른 기마를 상대하려고 할 때, 키가 큰 기마가 단숨에 적 기마 뒤편으로 돌아가는 거야. 놀란 만큼 상대의 움직임은 둔해져. 처음에 기마 몇 기를 잡아내고 나면 그다음부터는 간단하지. 전력 차이를 무기로 움직임이 빠른 기마가 철저하게 주의를 끌면서 적을 고립시키면 돼."

"그럼 처음에는 기마가 이렇게 늘어서는 게 좋지 않을까."

와타베가 미즈타니에게 나뭇가지를 받아서 기마의 이름을 적기 시작했다.

"응, 좋은 생각이야."

미즈타니는 허락해 주듯 고개를 끄덕였다.

어느새 미즈타니가 아이들의 중심에 있었다. 그럼에도 미즈타니는 전혀 움츠러들지 않고 차분한 얼굴로 모두를 둘러보았다.

사실 미즈타니는 추리를 할 때보다 바로 이런 순간에 가장 신 같아 보인다.

나는 미즈타니가 화내거나 침울해하거나 겁먹은 모습을 한 번도 못 봤다. 물론 전혀 표정에 변화가 없는 건 아니니까 늘 함께 있는 내 눈에는 감정이 보일 때도 있지만, 대개는 아무리 큰일이 벌어져도 전부 예상 범위 안이었다는 듯 냉정하게 해결책을 제시한다.

신 같으니 다들 '신'이라고 부르는 미즈타니를 나는 그렇게 부르지 않는다. 하지만 분명 다른 누구보다도 미즈타니를 신 같다고 여기는 사람은 바로 나일 것이다.

— 그래서 그때.

미즈타니가 가와카미의 아빠를 '죽여도 된다'고 했을 때, 나는 공포를 느꼈다. 가와카미를 위로하기 위해 겉으로만 하는 소리가 아닌 것 같았다. 신이 그런 존재는 이 세상에서 사라져도 된다고 말한 것만 같은 기분이었다. 마치 하늘의 계시처럼.

미즈타니가 모두를 보고 다시 집게손가락을 세웠다.

"움직임이 빠른 기마가 직접 공을 세우려 하지 않는다. 이건 반드시 지켜야 할 철칙이야. 움직임이 빠른 기마는 교란 부대임을 명심해야 해."

"교란?"

"적을 혼란시키는 역할에 집중하라는 거야."

구보가 의아한 듯이 묻자 미즈타니는 말을 바꾸어서 설명해 주었다.

"연습 없이 실전에 들어가니까 얼마나 잘될지는 모르겠지만, 잘하면 압승을 거둘 수 있을 거야."

"이런 건 좀 더 빨리 말했어야지."

와타베가 나무라는 투로 말했지만 그다지 화난 눈빛은 아니었다. 미즈타니는 주눅 들지 않고 "나도 방금 생각났어. 미쓰하시에 대한 이야기를 듣다가." 하고 대답했다.

작전회의를 마쳤을 무렵에는 6학년의 100미터 달리기가 이미 끝난 뒤였다.

빨리 교실로 돌아가라는 선생님의 지시에 다 함께 발맞추어 학교 본관으로 향했다.

평소처럼 실내화로 갈아 신고 계단을 올라 교실에 들어가자, 매일 드나드는 장소인데도 전혀 다른 곳같이 들뜬 분위기가 느껴졌다. 책가방이 아닌 배낭이나 토트백은 복도에 걸어 두었고, 책상 위에는 딱히 아무것도 없는데 왜 그럴까 생각하다 이유를 깨달았다.

— 운동회에 참가하고 있다는 기분이 들어서다.

지금까지 내게 운동회는 그저 무난하게 보내는 것이 목표인 행사였다. 두드러지지 않되, 가능하면 꼴등만은 면하면서, 경기가 하나하나 끝나기만을 기다린다.

이기면 조금은 기쁘기도 했지만 지더라도 그렇게 속상하지는 않았다. 어떤 결과가 나오든 끝나면 별 의미 없었으니까. 지금까지 네 번의 운동회에서 이겼는지 졌는지도 잘 기억나지 않는다.

특히나 대미를 장식하는 고학년 이어달리기 선수는, 자신들의 경기가 승패에 직결되는 경우도 많기 때문인지 승부에 매달리다 매년 우는 아이까지 나왔다. 하지만 투명한 눈물을 뚝뚝 흘리는 그들을 보아도 감정이 북받치기는커녕 더욱 잔잔해질 뿐이었다.

분명 그들 마음속 운동회는 내 마음속 운동회와 전혀 의미가 다를 것이다.

복도로 나가 손을 씻고 있는데 와타베가 등을 두드렸다.

"사토하라도 잘 부탁한다."

응, 하고 대답했을 때 백팀 아이가 다가와서 "너희 아까 작전회의 했지." 하고 쿡 찔렀다.

"시끄러워, 이 스파이야. 저리 가."

와타베가 백팀 아이를 쫓아내는 모습을 웃으면서 보다가 그런 나 자신에게 놀랐다.

나는 지금까지 와타베 같은 아이가 거북했다.

성격이 드세고, 목소리가 크고, 늘 반의 중심에서 대장 노릇을 하는 난폭하고 제멋대로인 아이. 가까이 하기 싫었고, 그럴 일도 없으리라 생각해 왔다.

하지만.

나는 그저 나를 상대해 주지 않으니까 와타베를 못된 녀석으로 여기려 했던 건 아닐까. 아까 불러 모았을 때는 싫다는 생각밖에 안 들었는데, 지금은 이렇게 친근하게 말을 걸어 준 것만으로도 마냥 기쁘다.

결국 나는 강한 아이에게 인정받고 싶은 것이다. 힘이 있는 아이와 친구로 지내고 싶은 것이다.

운동회가 싫고 고작 그딴 행사에 기뻐하고 슬퍼하는 아이들의 마음을 모르겠다고 생각해 왔으면서, 막상 조금이나마 참가하는 모양새가 되자 기분이 들뜬 것처럼.

— 미즈타니는 나하고 달라.

미즈타니는 나와 비슷하게 운동을 못하지만, 아까처럼 와타베를 상대로도 당당하게 말한다. 오전에 있었던 100미터 달리기에서는 꼴찌였는데도 전혀 창피하지 않은 듯,

4등 깃발 뒤편에 허리를 쭉 펴고 앉아 있었다.

나는 입안이 씁쓸해지는 것을 느끼며 교실로 돌아갔다.

당번의 호령에 맞추어 잘 먹겠습니다, 하고 인사한 후 엄마가 싸 준 도시락을 열자 내가 좋아하는 닭튀김과 햄버그, 감자튀김이 가득했다. 축구공 모양 픽과 깃발이 꽂혀 있었고, 밥에는 김으로 '파이팅'이라고 써 놓았다.

책상을 붙인 같은 조 아이들도 모두 저마다 특징 있는 도시락을 싸 왔다.

샌드위치를 예쁘게 만들어 온 아이도 있고, 보온통에 카레를 담아 온 아이도 있었다. 반찬을 숨기려는지 도시락을 가리고 먹는 아이도 보였다. 그러고 보니 엄마, 아빠가 어릴 적에는 운동회 때 부모님과 함께 점심을 먹었다는 이야기가 문득 생각났다.

엄마가 가족 전체의 도시락을 싸 와서 다 함께 돗자리에 둘러앉아 먹었다고 한다. 소풍 느낌이라 그게 더 재미있을 것 같았지만 올해부터는 그 생각을 버렸다.

모두 함께 교실에서 먹어야 마음이 편한 아이도 있다는 걸 알게 됐기 때문이다.

물통을 넣어 둔 주머니를 열자 가장자리가 구부러진 프로그램 편성표가 보였다.

표지에는 6학년 학생이 담당한 만화 같은 일러스트가 그려져 있다. 경주라기보다 조깅을 하듯이 웃으면서 달리는 여학생과 남학생의 모습이다.

가와카미라면, 이라는 생각이 떠올라 가슴이 쓰라렸다.

가와카미라면 절대로 이렇게 그리지 않는다. 예를 들면, 배턴을 넘겨 주는 순간의 손을 실감 나게 그린다. 아니면 땅을 차는 발, 골인 지점을 바라보는 눈, 6학년이 소란부시(일본 홋카이도 지역의 민요 중 하나. 운동회나 문화제 등에서 많이 선보인다 - 옮긴이) 공연을 할 때 펄럭이는 깃발일지도 모르고, 기마전에서 맞붙어 싸우는 모습일지도 모른다.

너무 잘 그린 그림은 편성표에 어울리지 않을지도 모르지만, 나는 보고 싶었다.

가와카미가 선택한 운동회의 한 장면, 거기에 덧붙여진 '5학년 가와카미 지에'라는 이름을.

나는 젓가락을 움켜쥐었다.

가와카미의 집에 갔던 그날, 결국 미즈타니는 카메라를 가지러 돌아가지 않았다.

가와카미가 "친척 아주머니와 상의해 볼게."라고 말했기 때문이다.

정말 다행이다 싶었다. 가와카미가 어른과 상의한다.

이제 무시무시한 계획은 실행하지 않아도 된다.

그러나 미즈타니는 "그래도 일단은 오늘 밤이 걱정이야." 하고 물러서지 않았다.

"아빠가 돌아왔을 때 너 혼자 집에 있으면 너무 위험해. 친척 아주머니가 지금 당장 도와주러 온다면 모를까. 그게 아니라면 적어도 오늘 밤만큼은 집을 비우는 편이 좋겠어."

"돌아왔을 때 내가 집에 없으면 그 사람은 더 화낼 거야."

"그럼 적어도 내가 함께 있을게."

"역시 아동상담소에 신고하는 편이 좋지 않을까."

나는 참지 못하고 끼어들었다.

"가와카미는 소용없다고 했지만 지금까지 있었던 일을 낱낱이 이야기하면 다시는 아빠와 만나지 않아도 되게끔 해 줄지도 모르잖아."

가와카미와 미즈타니가 동시에 쳐다보기에 당황해서 게다가, 하고 덧붙였다.

"어린애가 몇 명 있어 봐야 분명 아무 도움도 안 될 거야."

실제로 가와카미 아빠가 날뛰기라도 하면 내가 말리기는 도저히 불가능하다. 성인 남성과 맞서 싸울 수 있을 리 없다.

"아니면 우리 아빠한테 와 달라고 한다든가."

가와카미는 입을 다물었고, 미즈타니도 생각에 잠긴 듯 침묵을 지켰다. 몇 초 후에 미즈타니가 숨을 내쉬고 "알았어." 하고 중얼거렸다.

"확실히 그게 현실적인 방법이겠네."

우리는 주저하면서도 가와카미의 집을 나섰다.

미즈타니는 "적어도 다시 그 방법을 사용하려고 들지는 않겠지." 하고 말을 꺼냈다.

"체격 차이 때문에 더 직접적인 방법을 써서 죽이기는 힘들 테고, 그렇다면 가와카미가 아빠를 죽일 걱정은 안 해도 될 것 같아."

그 반대 상황은 걱정해야 한다는 뜻을 넌지시 전하는 말이었다.

가와카미 아빠가 딸에게 속았다는 것을 알게 되면 무슨 일이 일어날지 모른다고.

우리 집에 도착하자 나 대신 미즈타니가 엄마에게 가와카미의 사정을 설명했다. 얍삽이나 가와카미가 만든 함정은 언급하지 않고, 가와카미가 처한 상황만.

엄마는 당장 아동상담소에 신고하고 미즈타니를 집에 돌려보냈다. 그리고 약 한 시간 후에 퇴근한 아빠와 함께 상황을 살피러 가와카미 집에 갔다.

　실은 나도 가고 싶었지만, 엄마가 "널 그런 사람이 있을지도 모르는 곳에 데려갈 수는 없어." 하고 진지한 목소리로 말해 더는 떼를 쓸 수가 없었다.

　나는 이렇게 자라 왔구나 싶었다.

　당연히 아이를 위험한 곳에 데려가서는 안 된다고, 나쁜 것으로부터 지키고 싶다고 여기는 부모님 밑에서.

　아빠, 엄마가 돌아오기까지 두 시간이 넘게 걸렸다.

　가와카미는, 하고 묻자 없었다며 고개를 저었다.

　"아무도 없더라. 가와카미 아빠는 아직 경찰서에서 돌아오지 않았을지도 모르고, 가와카미는 상의하겠다던 친척 집에 가지 않았을까."

　엄마는 눈을 내리뜬 채 떨리는 목소리로 말했다. 엄마의 그런 모습은 처음 봤다. 역시 엄마도 무서웠구나 싶었다.

　"앞으로는 어른들이 어떻게든 할 테니 넌 이만 잊어버리렴."

　잊어버리기는 불가능하다고 생각했지만 아빠의 말에 고개를 끄덕였다.

　솔직히 나는 안도했다. 이제 어른 중 누군가가 조치를 취한다. 나는 어린아이로서 할 수 있는 일을 다 했다는 심정이었다.

그 후로도 몰래 가와카미 집을 살피러 몇 번 갔지만 아무도 없는 것 같았다. 그리고 자세한 사정은 전혀 모르는 채 여름방학이 끝나고, 선생님에게 가와카미가 전학을 가게 됐다는 소식을 들었다.

가와카미의 일상은 크게 변했을 것이다. 부모와 헤어져 집을 떠났고, 친척 집이나 시설에서 지낼 테고, 학교도 바뀌었다.

그럼에도 내 일상은 이렇게나 변함없다. 마치 아무 일도 없었던 것처럼 매일 학고에 가고, 밥을 먹고, 이렇게 운동회도 참가한다.

내가 할 수 있는 일이라고는 가와카미에게 부디 좋은 방향으로 변화가 찾아왔기를 기원하는 것뿐이다.

오후 일정이 시작돼 응원전이 끝나자 1학년의 댄스곡이 흘러나왔다.

1학년들은 음악에 맞추어 반짝이 수술을 흔들며 춤을 췄다. 어설프거나 동작을 틀리는 아이도 많았지만 다들 열심히 몸을 움직였다.

보호자석의 부모님들도 비디오카메라나 카메라를 들

고 몸을 내밀었다.

우리 아빠, 엄마도 해마다 와서 열심히 응원해 준다. 엄마는 제일 앞줄에서 사진을 찍고, 아빠는 촬영 공간에 삼각대를 세워 놓고 본격적으로 비디오 촬영을 한다.

운동회가 끝나고 집에 가면 거실 텔레비전에 영상을 연결해 볼품없는 내 모습을 보여 주는 건 싫었지만, 영상에 아빠 목소리가 들어간 건 기뻤다.

"잘한다, 힘내라!" "조금만 더!" 그런 곳에서 소리를 지른들 내게는 들리지 않을 텐데도, 외치지 않고는 못 배기겠다는 듯한 목소리.

― 작년에 가와카미 아빠는 왔을까.

갑자기 그게 신경 쓰였다. 오지 않았다면 가와카미는 쓸쓸했을까.

만약 왔다면 기뻤을까.

뭔가가 세게 누르는 듯한 압박감이 가슴속 깊은 곳에서 느껴졌다.

나는 생각을 떨쳐내듯이 고개를 홱홱 저었다.

생각해서는 안 된다. 생각하면 가라앉고 만다. 정말 그거면 됐을까, 내가 어딘가에서 뭔가 잘못한 건 아닐까, 그런 자책감 속으로.

"다음 순서는 2학년의 '벌룬 댄스'입니다."

안내 방송이 흐르자 주변 모두가 일어서는 분위기다.

"가자."

와타베가 경기장 쪽으로 향하며 목소리를 높였다.

그 모습이 어쩐지 만화 주인공 같아 보였다.

곤경을 겪으면서도 강한 의지를 잃지 않고, 동료와 함께 목표를 향해 똑바로 나아가, 마지막에는 승리하는 히어로로.

뒤를 보지 않고 말할 수 있는 건, 그래도 다들 이야기를 들어 주리라는 자신감이 있기 때문이다.

아아, 맞다. 생각났다.

나는 와타베의 이런 점이 거북했다. 마치 주인공인 자신의 모습에 취해 있는 것처럼 느껴지니까.

하지만 미즈타니가 와타베와 비슷하게 행동할 때는 거부감이 없다.

미즈타니도 자주 나와 시선을 마주치지 않고 말한다. 말투도 미즈타니가 훨씬 별나다. 그러나 미즈타니의 그런 모습을 보아도 오글거리지는 않는다.

그건 미즈타니가 상대방이 들어 주지 않더라도 개의치 않으리라는 걸 알기 때문이다. 혼자 앞서 나아가고, 뒤에서 아무도 따라오지 않아도 상관하지 않는다.

작전 내용을 머릿속으로 되새기면서 입장문으로 향하자 색색의 천이 두 개 보였다.

빙 둘러선 아이들이 커다란 천의 끄트머리를 모두 함께 잡고 한꺼번에 멀어졌다가 가까워졌다가 하면서 속에 공기를 넣어 부풀린다. 내가 2학년 때는 평범한 댄스였고 1학년 때 벌룬 댄스를 했었다.

익숙한 동작이어서인지 어쩐지 텔레비전으로 보는 영상 같은 기분이었다. 아빠, 엄마가 비디오카메라로 찍은 옛날 운동회 영상과 똑같은 광경이 반복되고 있는 것 같다고나 할까.

프로그램 내용은 해마다 조금씩 다르다. 음악도 바뀌고, 물론 학년과 학생들도 다르다. 그래도 같은 광경이 반복되고 있다는 생각을 지울 수 없었다.

학교라는 생물이 다양한 행사를 치르며 숨쉬듯이 부풀어 올랐다가 쪼그라들었다가 한다. 알맹이인 학생은 누구든지 별 차이가 없고, 말썽이나 사건도 덥석덥석 먹어 치워서 아무 일도 없었던 것처럼 만든다.

그런 생각을 하는 동안 기마전을 치를 차례가 됐다.

기마의 위치를 지시하는 와타베의 목소리를 흘려 들으

며 미리 정한 장소로 이동했다.

"기마, 준비!"

선생님이 마이크에 대고 말한 목소리가 울려 퍼졌다.

쫙, 하고 모래를 문지르는 소리가 일제히 퍼져 나갔다. 나도 쪼그려 앉아 다른 아이와 기마를 만들었다. 사토가 맨발을 손바닥에 얹자 팔에 체중이 확 실렸다.

"처음에는 오른쪽이지?"

사토가 머리 위에서 확인하자 기마의 앞쪽 아이가 "맞아." 하고 대답했다.

나는 오른발을 당기고 언제든지 달려나갈 수 있도록 준비했다. 우리 기마는 '움직임이 빠른 기마'라 적진으로 치고 들어간다. 사토의 키가 작다 보니 자동으로 그 역할이 배정됐지만, 나는 발이 느리니까 다른 아이들의 움직임을 따라갈 수 있을지 모르겠다.

— 실패하면 욕을 꽤나 먹겠지.

그렇게 생각하자 아까 작전회의를 마친 후에 느꼈던 약간의 설렘은 완전히 사라졌다.

맡은 일을 제대로 수행해야 한다.

"자, 전투 시작!"

선생님의 과장된 목소리와 북소리를 신호로 기마가 일

제히 움직였다.

나는 죽어라 달렸다. 무조건 가장자리로. 적진의 바깥쪽으로.

도중에 적이 막으면 어쩌나 걱정했지만, 우리보다 먼저 가장자리에 도착한 히라야마의 기마 덕분에 상대는 이미 혼란에 빠진 것 같았다. 왼쪽, 뒤쪽, 물러서. 수많은 목소리가 이리저리 오갔다.

"왼쪽으로 돌아!"

사토의 목소리와 함께 팔이 당겨졌다. 허둥지둥 발의 방향을 바꾸고 몸을 비틀었다.

우리보다 머리 하나쯤 큰 기마와 마주친 것이다.

"공격!"

상대 기수가 고함을 지르자 먹이를 노리는 거대한 곤충처럼 기마가 힘차게 달려왔다.

"왼쪽!"

또 사토의 목소리가 들렸다. 나는 이제 뭐가 어떻게 되고 있는지 알 수가 없었다. 공격부대는 왔을까. 이렇게 움직이는 게 맞을까.

"멈춰!"

발을 멈추자 땀이 줄줄 흘렀다. 덥다. 숨이 찬다. 팔이 아프다.

"지금이다!"

상대 기수가 허리를 들고 손을 뻗는 모습이 사토 옆에서 보였다. 큰일이다. 냉큼 몸을 물렸지만 팔 앞부분이 움직이지 않았다.

— 당하겠어!

몸을 움츠리고 고개를 숙인 순간이었다.

"으라차!"

머리 위에서 높은 목소리가 울려 퍼졌다.

"벗겼다!"

소리를 지른 사람은 와타베였다.

상대의 모자를 쳐들었다가 바로 바지 호주머니에 쑤셔 넣고 다시 임무에 나섰다.

"다음! 미쓰하시 쪽!"

"우에키 쪽으로 가자!"

와타베의 목소리와 사토의 목소리가 겹쳤다.

즉시 기마가 움직이기 시작했다. 조바심과 긴장을 부추기듯이 큰북이 쿵, 쿵 울렸다.

눈앞에 상대의 기마가 나타났다. 상대는 하나. 하지만 우에키의 기마가 다른 쪽으로 가 버려서 일대일 상황이 되고 말았다.

"우에키!"

사토가 외쳤다.

상대가 거리를 좁혔다. 물러선다. 왼쪽으로 돈다. 손이 다가온다. 빙글 돌아서 피한다.

"우에키!"

사토가 다시 소리쳤다.

시선을 주자 우에키의 기마는 다른 기마와 싸우고 있었다.

"도망쳐!"

"기다려!"

정반대의 목소리에 이러지도 저러지도 못하는 사이 상대방 기마가 다가왔다.

"도망치자!"

내가 재빨리 목소리를 높인 순간이었다.

갑자기 상대방 기수의 모자가 사라졌다.

"잡았다!"

목소리를 듣고 나서야 상황이 이해됐다.

상대방 기마 뒤쪽으로 우리 편 기마가 돌아간 것이다.

— 어느 틈에.

"또 잡으러 가자!"

사토가 소리를 질렀을 때 호루라기 소리가 들렸다.

큰북이 두두두둥 울린 뒤 "기마, 제자리로!" 하는 선생님의 지시가 들렸다.

나는 숨을 몰아 쉬며 운동장을 둘러보았다.

하나, 둘, 셋, 넷…… 파란 모자를 다 헤아리기도 전에 압도적으로 승리했음을 알그 숨을 삼켰다.

― 미즈타니의 작전이 이렇게 효과적일 줄이야.

"기마전은 10대3으로 청팀의 승리입니다."

와아아, 하고 환성이 일었다. 하지만 모두가 펄쩍펄쩍 뛸 수는 없다. 아직 기마를 풀지 않았으니까.

즉, 청팀은 탈락자가 거의 나오지 않았다. 기마에서 내린 기수는 미즈타니뿐이었다.

호루라기 소리를 신호로 기마를 풀자마자 모두 방방 뛰며 기뻐했다.

"우와, 진짜로 이겼어!"

"정말로 신이 말한 대로 됐잖아!"

"압승이야, 압승!"

아이들은 미즈타니에게 우르르 몰려들어 승리의 기쁨을 나누었다.

"그런데 작전을 짠 신이 모자를 빼앗기면 어떡하냐!"

"괜찮아. 덕분에 내가 모자를 두 개 빼앗았으니까."

한 아이가 핀잔을 주자 와타베가 두둔하듯이 미즈타니의 어깨를 감쌌다.

"자기가 이기려고 마음먹지 않는 게 중요한 거잖아, 그렇지?"

환히 웃으며 미즈타니에게 말하자 미즈타니는 "뭐, 그런 셈이지." 하고 고개를 끄덕였다.

퇴장문을 나설 때 보호자석에서 "아까 청팀 대단했어."라는 목소리가 들려서 귀 뒤쪽이 화끈거렸다.

대단한 건 미즈타니라고 말하고 싶었다.

우리는 그저 미즈타니의 작전에 따랐을 뿐, 그 작전이 아니었다면 이렇게 대승을 거둘 수 없었다. 미즈타니는 추리를 해서 수수께끼를 풀어 낼 뿐만 아니라, 이런 작전도 세울 줄 안다.

"쳇, 신났네, 신났어. 신 아니었으면 쪽도 못 썼을 거면서."

백팀 아이들이 볼멘소리를 했다.

"어쩌라고? 신이 우리 팀인데."

와타베가 미즈타니 곁을 떠나 오늘 어떤 작전을 썼는지 떠들어댔다.

혼자 남은 미즈타니를 보고 말을 걸려고 다가가려 했을 때였다.

미쓰하시가 내 옆을 슥 지나쳐 미즈타니에게 다가갔다.

"고마워, 신."

"힘이 됐다니 다행이네."

둘이 나눈 대화는 그게 전부였다.

미쓰하시는 고개를 슬쩍 숙여 인사하고 물러갔다.

― 지금 이건 뭐지?

나는 미즈타니와, 멀어지는 미쓰하시를 번갈아 쳐다보았다.

고맙다고? 힘이 됐다니? 그건 무슨 뜻일까.

그저 미즈타니의 작전에 힘입어서 이긴 덕분에 미쓰하시가 와타베에게 욕을 먹지 않고 끝난 것 때문이라기에는 어쩐지 두 사람의 낌새가 이상하다.

미쓰하시는 남의 시선을 신경 쓰듯 목소리를 낮췄고, 미즈타니는 전부 다 이해한다는 듯한 표정이었다.

그냥 청팀을 승리로 이끌어 주어서 고맙다는 인사라면, 이렇게 소곤소곤 이야기를 나눌 필요가 없을 텐데.

"미즈타니."

나는 미즈타니에게 걸어갔다.

방금 그건 뭐냐고 물어보려고 했을 때였다.

"신."

와타베가 돌아왔다.

"있지, 그 작전, 얘한테도 들려줘."

와타베가 데려간 미즈타니를 따라가서 물어볼 수는 없었다. 나는 어쩔 수 없이 학교 본관으로 향한 미쓰하시를 쫓아가기로 했다.

미쓰하시는 신발장 앞에서 신발을 갈아 신고 안으로 들어갔다.

— 어디 가는 걸까?

궁금한 마음에 따라는 왔지만, 미쓰하시가 화장실에 들어가는 모습을 보고서야 쫓아가 봐야 뭐하나 싶어졌다.

왜 미즈타니에게 고맙다고 했는지 직설적으로 물어봐도 될까.

물어보면 아무렇지도 않게 대답해 줄지도 모르지만, 비밀이라면 물어서는 안 될 것 같기도 했다.

망설이면서도 화장실 문을 연 순간이었다.

"아."

거울 앞에 있던 미쓰하시가 몸을 홱 돌렸다.

벗어 두었던 모자를 허겁지겁 다시 썼다.

"……사토하라."

당황해서 뒤집어진 목소리가 미쓰하시의 입에서 흘러나왔다.

"지금……."

"미안."

나는 무심코 고개를 숙였다.

이제야 알았다.

왜 아까 미쓰하시가 미즈타니에게 고맙다고 했는지.

왜 미쓰하시가 기마전에서 자기 모자만 지켰는지.

왜 미즈타니가 그런 작전을 세웠는지.

"……사토하라, 지금 이건."

"아무한테도 말 안 할게."

나는 미쓰하시의 말허리를 끊고 고개를 저었다. 미쓰하시는 어쩌면 좋을지 생각하는 것처럼 눈을 이리저리 굴리다가 "좀 봐 주라, 이렇게 부탁할게." 하고 모자를 쓴 채 머리를 숙였다.

"걱정하지 마, 난 소문을 낼 만한 친구도 없는걸."

미쓰하시를 안심시키려고 한 말이지만, 말하고 나자 조금 허탈해졌다. 하지만 미쓰하시는 안심한 듯 표정을 풀고 "그렇지." 하고 고개를 끄덕였다.

"사토하라한테 들켜서 다행이야."

그렇게 말하더니 먼저 화장실에서 나갔다.

혼자 남은 나는 어쩐지 바로 나갈 마음이 들지 않아 거울을 바라봤다.

방금 거울 속에서 보였던 것이 머릿속에 되살아났다.

— 땜통.

미쓰하시는 언제나 단정하게 매만진 헤어 스타일로 학교에 온다.

옷도 잘 차려입고 다니니까 차림새에 관심이 많은 줄로만 알았다.

그런데 그게 아니었다.

기마전에서 모자를 빼앗기면 엉망이 된 머리가 보인다.

수많은 관객이 카메라나 비디오카메라로 촬영하고 있는 가운데, 머리에 생긴 땜통이 드러난다.

물론 경기가 한창인데 남의 머리나 보는 사람은 없으리라.

하지만 미쓰하시의 마음은 그렇지 않았다.

'움직임이 빠른 기마는 모자를 빼앗으려 하지 말고 적의 기마 앞을 돌아다니며 주의를 끌어야 해. 그리고 적이 그 움직임에 정신이 팔린 틈을 타서 키가 큰 기마가 뒤나

옆에서 단숨에 공격하는 거지.'

미즈타니의 작전에서 '움직임이 빠른 기마'로 배정된 미쓰하시의 기마는 적의 모자를 빼앗기 위해 위험을 감수할 필요가 없었다.

모두가 수긍하고, 실제로 효과도 거둔 그 작전에는 사실 그런 이유도 숨어 있었던 것이다.

나는 운동장으로 나와서 응원석으로 향했다.

비밀로 하겠다고 약속했으니 아이들이 있는 곳에서는 이야기할 수 없다. 그래도 미즈타니에게는 굉장하다고 한 마디 하고 싶었다.

본부석 옆을 지나 보호자석 가장자리를 돌았다.

발을 앞으로 움직이며 어제 학급 활동 시간에 있었던 일을 떠올렸다.

― 그러고 보니 어제 미쓰하시는 해나리 인형에 얼굴을 그렸어.

비를 바랄 때 얼굴을 그린다고 미즈타니가 설명했는데도.

비가 내려 봤자 운동회는 연기될 뿐 중지되지는 않는다. 그러니까 해나리 인형에 얼굴을 그려도 의미 없다고 생각했다.

하지만 미쓰하시에게는 의미가 있었다.

만약 비가 내려서 운동회가 계속 연기되면, 그 사이에 머리카락이 날 수도 있으니까.

나는 6학년 응원석 뒤편에서 문득 걸음을 멈췄다.

돌이켜봐도 왜 거기서 발을 멈췄는지는 모르겠다. 왠지 모르게 거기 서서 득점판을 쳐다보았다.

그러다 나는 믿기지 않는 말을 들었다.

나는 완전히 굳어 버렸다.

그날 그 후에 무슨 일이 있었는지는 전혀 기억나지 않는다. 폐회식도, 집에 돌아온 후에 아빠, 엄마가 보여 줬을 사진과 영상도.

그때 나는 이런 말을 들었다.

"그거 알아? 가와카미라는 5학년 여자애가 부모 손에 죽었대."

4부

겨울에 진실은 전하지 않는다

"야, 신."

미즈타니를 부른 건 같은 반의 구로이와 군이었다.

나는 어리둥절했다. 구로이와는 방금 와타누키를 포함한 몇몇 아이들과 교실에서 나갔기 때문이다.

2교시와 3교시 사이, 15분밖에 안 되는 쉬는 시간에도 구로이와의 무리는 비만 오지 않으면 꼭 운동장으로 나간다. 수업을 마치는 종이 울리자마자 쏜살같이 뛰쳐나갔다가 수업 시작 종이 울리기 직전에 숨을 헐떡이며 돌아온다.

오늘도 평소처럼 나갔을 텐데 뭘까 싶었을 때, 구로이와가 "잠깐만." 하고 소리 죽여 말하며 미즈타니에게 손짓했다.

남의 눈을 꺼리는 그 모습에 미즈타니는 의아한 듯한 표정을 지었지만 바로 자리에서 일어났다.

복도로 나간 구로이와가 주변을 둘러보고 미즈타니에게 돌아섰다. 그리고 옆에 있는 나를 보고는 인상을 찌푸렸다.

미즈타니와 단둘이 이야기하고 싶어 한다는 걸 알았지만 나는 둔감한 척하며 그 자리에 있었다.

구로이와는 몇 초 망설인 뒤에 일단 내게는 신경을 끄기로 했는지 "곤란한 일이 있으면 네가 뭐든지 해결해 준다며." 하고 말을 꺼냈다.

미즈타니가 "뭔가 곤란한 일이 있어?" 하고 고개를 갸웃하자 구로이와는 겸연쩍은 듯이 얼굴을 돌리더니 "딱히 곤란하다거나 그런 건 아닌데." 하고 입술을 거의 움직이지 않고 말했다.

아무래도 구로이와는 미즈타니에게 뭔가 상의하고 싶은 일이 있는 모양이다.

도움을 바라는 사람의 태도치고는 너무 무례하지만, 사실 미즈타니에게 이런 태도를 취하는 사람은 적지 않다.

늘 반의 중심에서 설치며 튀는 녀석일수록 실은 신이라고 생각지 않는다는 어감을 담아 "어이, 신." 하고 부른다.

자신이 미즈타니 같은 녀석에게 진지하게 도움을 요청하겠느냐, 다만 지금까지 다양한 문제를 해결해 '신'이라고 불리는 모양이니 시험 삼아 문제를 내 보기로 하겠다는 듯한 태도다.

가을 운동회 때 미즈타니의 작전 덕분에 기마전에서 승리한 후로 청팀 아이들의 태도는 달라졌지만, 백팀 아이들은 여전하다.

그러나 미즈타니는 기분 상한 낌새도 없이 "뭐든지 해결할 수 있는 건 아니지만 내가 힘이 되어 줄 수 있는 일이라면 들어 볼게." 하고 구로이와를 보았다.

구로이와가 눈을 잠깐 굴리더니 "대단한 일은 아닌데." 하고 서론을 깔고 나서 목소리 톤을 낮추었다.

"너, 저주의 책이라고 알아?"

"저주의 책."

미즈타니가 앵무새처럼 되뇌자 모른다고 판단했는지 말을 이었다.

"왜, 우리 학교 도서실에 읽으면 저주를 받는다는 책 있잖아."

아아, 하고 미즈타니가 고개를 끄덕이자 "뭐, 모를 리가 있나." 하고 입술을 삐죽였다. 그리고 내게도 반응을 확인하는 듯한 시선을 슬쩍 던졌다.

나는 마음속 깊은 곳에서 뭔가가 꿈틀거리는 것을 느꼈지만 아무 말도 하지 않았다.

저주의 책이란 3학기 들어 학교에 퍼지기 시작한 소문이다.

1학기까지 우리 학교에 다녔던 가와카미의 귀신이 붙은 책을 끝까지 읽으면 저주를 받는다. 대체 누가 처음 퍼뜨렸는지는 모르지만 그런 괴담이 실화처럼 나돌았다.

아빠에게 학대를 당하던 가와카미는 집에서 도망치듯 학교에 다녔지만, 결국 여름방학 때 아빠 손에 죽고 말았다. 죽은 후에도 학교로 도망친 귀신은 자신을 구해 주지도 않았으면서 하루하루 즐겁게 지내는 아이들을 보며 원망과 질투를 불태웠다.

저주의 책에는 그런 가와카미의 원한이 담겨 있으므로, 전부 다 읽으면 저세상으로 끌려가고 만다.

다만 바로 끌고 가지는 않고 사흘간 기다려 준다. 그 사이에 다른 사람에게 저주의 책을 읽히면 살 수 있다. 그런 소문을 듣고 흔한 괴담과 도시전설을 적당히 조합했으리라고 말한 건 미즈타니였다.

나는 어떻게 미즈타니가 그렇게 냉정하게 분석할 수 있

는지 의문이었다.

다른 사람도 아니고 가와카미 이야기인데.

화장실의 하나코(일본의 학교 괴담 중 하나. 화장실에 나타나는 유령을 가리킨다 - 옮긴이)나, 빨간 마스크나, 옛날에 우리 학교에서 죽은 아이가 있다거나, 그렇듯 실제로 있는지 없는지 모를 이야기가 아니라 같은 반에서 함께 공부한 가와카미 이야기인데.

우리는 가와카미 아빠가 파친코 게임장에 가지 못하도록 계획을 세웠고, 자석을 실험해서 도구를 만들었고, 가와카미 집에도 갔다. 학대를 당한다는 사실을 알고 아동상담소에 신고하기로 한 것도 우리다.

그 후에 가와카미가 없어지자 선생님은 '전학을 갔다'고 설명했다. 친척 아주머니 집에 갔거나 시설에서 생활하느라 다른 학교에 다닐 수밖에 없는 줄 알았다.

하지만 그로부터 한 달 이상 지나자 가와카미가 아빠 손에 죽은 것 같다는 소문이 들렸다.

소문에 따르면 학생 중 한 명이 가와카미 집 앞에 구급차와 경찰차가 서 있는 걸 보았다고 한다.

처음 그 이야기를 들었을 때는 그럴 리 없다고 생각했다.

가와카미는 그 집 말고 다른 곳에서 보호받고 있을 거

라고.

하지만 딱 한 가지 찜찜한 구석이 있었다.

가와카미 아빠가 파친코 게임장에서 체포된 날, 아동상담소에 신고한 후 상황을 살피러 가와카미 집에 다녀온 엄마는 눈을 내리뜬 채 떨리는 목소리로 말했다.

'아무도 없더라. 가와카미 아빠는 아직 경찰서에서 돌아오지 않았을지도 모르고, 가와카미는 상의하겠다던 친척 집에 가지 않았을까.'

그리고 '앞으로는 어른들이 어떻게든 할 테니까, 넌 이만 잊어버리렴.' 하고 말한 아빠.

엄마도 무서웠구나 싶었다. 아빠는 나를 걱정해 주는 거라고 생각했다.

하지만 그뿐만 아니라 내게 사실을 알려 주지 않으려고 한 거라면?

소문에 학대라는 올바른 정보가 포함되어 있는 것도 마음에 걸렸다. 아이가 집에서 죽었으니 학대를 당했다고 추측하는 건 너무 심한 비약이다. 분명 그런 뉴스도 가끔 나오지만 그래도 보통은 불운한 사고를 먼저 생각하기 마련이다.

괴담을 만든 아이가 그럴싸하게 꾸미기 위해 원한이 남

을 법한 죽음을 설정한 걸까, 사정을 아는 어른 중 누군가가 부주의하게 이야기를 흘린 걸까. 아니면 일이 터지기 전에 뭔가 눈치챈 아이가 있었던 걸까.

가와카미는 늘 수영 수업을 쉬었지만, 체육시간은 빼먹지 않았다. 만약 가와카미가 상처 자국을 감추려고 했던 거라면, 같은 방에서 옷을 갈아입은 여자애 중에는 상처 자국을 본 아이가 있을지도 모른다.

그런 경우라도 대놓고 그 상처는 뭐냐고 묻지는 않았으리라. 그래서 여러 사람이 눈치채고 화제가 되었다면 좀 더 빨리 학대가 문제시됐을 테니까.

하지만 가와카미가 갑자기 학교에 오지 않고, 가와카미 집 앞에 구급차와 경찰차가 서 있었다. 그래서 가와카미가 죽은 것 아니냐는 소문이 돌자 그 아이는 사람들에게 이렇게 말한 것 아닐까.

"그러고 보니 나, 걔 몸에 심한 상처가 있는 걸 봤어."

거기서부터 학대를 당해 죽었다는 소문이 생기고, 괴담이 만들어졌다. 그런 것 아니겠느냐고 담담히 말하는 미즈타니에게서 분노는 느껴지지 않았다.

사람들이 반쯤 재미 삼아 가와카미에 대해 입방아를 찧고 있는데도.

"그래서, 그 저주의 책이 어쨌는데."

미즈타니가 조용히 이야기를 재촉했다.

구로이와는 다시 주변을 확인하고 나서 실은, 하고 입술을 핥았다.

"어제 독서시간에 와타누키가 읽어 보라면서 저주의 책을 줬거든."

비밀 이야기를 하는 듯한 말투였지만 나는 놀라지 않았다.

왜냐하면 나는 그 현장을 보고 있었고, 구로이와에게 그 책을 대출해 준 도서위원도 나였기 때문이다.

그러므로 실은 구로이와가 미즈타니에게 말을 걸었을 때부터 어쩌면 그 책 때문에 상의하려는 게 아닐까 싶었다.

어제 독서시간에 구로이와가 "유치하기는." 하고 웃자, 와타누키는 "에이, 쫄았네." 하고 놀렸다. 구로이와는 "아니야." 하고 화난 목소리로 부정하더니 "왜 여자나 볼 것 같은 책을 내가 읽어야 하는데." 하고 말을 툭 내뱉었다.

'저주의 책'이라 불리는 책은 《절규 도서관 친구 지옥》이라는 제목의 공포소설이다.

책 표지에는 피로 물든 교복을 입은 두 여학생의 일러스트와 함께 '소설 베프 호러'라는 글씨가 박혀 있다. 원래는 〈베프〉라는 소녀만화잡지의 만화를 소설화한 책인데, 표지 일러스트도 소녀만화 느낌이라 그런지 대부분 여자애가 대출했다.

그러나 '저주의 책'이라고 불리게 된 뒤로, 평소 같으면 거들떠보지도 않을 남자애들도 담력 시험 삼아 읽기 시작했다.

실은 나도 내용을 보면 왜 이 책을 '가와카미의 귀신이 붙은 책'이라고 부르는지 알 수 있을지도 모른다는 생각에 들춰 본 적이 있다.

그 결과, 수록된 네 가지 이야기 가운데 〈지옥 엘리베이터〉라는 이야기에 등장하는 주인공의 성씨가 '가와카미'라는 사실을 알았다.

물론 이름은 다르고, 이야기 내용도 전혀 다르다.

〈지옥 엘리베이터〉는 두 여자애가 엘리베이터를 사용해 비밀 놀이를 하는 이야기다.

어릴 적부터 절친한 친구였지만, 그 놀이를 계기로 사이가 나빠진 끝에 돌이킬 수 없는 사태가 벌어진다. 그런 섬뜩한 내용이기는 하지만 학대와 관련된 이야기는 아니고, 아빠도 거의 등장하지 않는다.

그냥 성씨가 똑같다는 이유만으로 이 책을 고른 것 같

았다.

애당초 만약 진짜 가와카미의 영혼이 뭔가를 한다면, 도서실 책이 아니라 미술실 어딘가에 영향을 주지 않을까 싶다.

가와카미는 그림 그리는 걸 좋아했다. 쉬는 시간은 물론이고 때로는 수업 시간에도 그림을 그렸다. 도서실에도 오긴 했지만, 도서실에서 역시 책을 읽기보다 그림을 그릴 때가 더 많았다.

그러므로 나는 '저주의 책'을 믿지 않는다.

그런 괴담을 만든 사람도, 괴담을 믿고 야단법석을 떠는 사람도 전부 멍청하다고 생각한다.

"딱히 특별할 것 없는 책이었어."

구로이와가 머리를 긁적이며 말했다.

"뭐, 공포소설이니까 전부 으스스한 이야기이긴 했지만, 학대와 관련된 이야기는 없었거든. 왜 그걸 '저주의 책'이라고 부르는지 모르겠다니까."

"다 읽었어?"

미즈타니가 묻자 구로이와는 "물론이지." 하고 고개를 끄덕였다.

"전부 다 읽어야 저주를 받잖아? 도중에 멈추면 담력 시험이 아닌걸."

담력 시험. 역시 그런 기분이었던 것이다.

"하지만 다 읽은 후에도 아무 일 없었어. 책 읽는 속도가 빨라서 독서시간에 다 읽었는데, 갑자기 귀신이 나오지도, 몸 상태가 나빠지지도 않더라. 역시 가짜 아니냐며 와타누키에게 돌려 주고 이런 소문에 쫀는 놈은 등신이라고 한마디 해 줬는데."

구로이와는 거기서 일단 말을 멈췄다. 입술을 핥더니 그런 자신이 창피한 듯 "분명히 누가 장난친 거겠지만." 하고 말한 후 본론을 꺼냈다.

"다른 책을 빌렸는데 거기 있더라고."

"뭐가?"

"뭐랄까…… 낙서 같은 게."

낙서, 하고 미즈타니가 되묻자 구로이와는 분통이 치민다는 듯이 얼굴을 찡그리며 "어우, 열 받아." 하고 말을 내뱉었다.

"한가운데쯤까지 읽었는데, 페이지 흰 부분에 '앞으로 3일'이라고 적혀 있더라니까."

— 앞으로 3일.

"화딱지가 나서 와타누키한테 이딴 걸로는 안 쪼니까

장난치지 말라고 쏘아붙였더니, 와타누키가 자기는 아니라고, 모르는 일이라고 딱 잡아뗴지 뭐야."

"이게 그 책이야?"

미즈타니는 구로이와가 들고 있는 책을 쳐다봤다. 하지만 구로이와는 "아니, 이건 아니고." 하며 손을 뒤로 뺐다.

"진짜 열 받아서 지우개로 지우고 반납했지."

"지웠다고? 그럼 연필로 적혀 있었던 거야?"

"아마도. 글씨가 연해서 깨끗하게 지워지더라."

열심히 지우개질을 하는 구로이와의 모습이 생생히 보이는 듯했다. 구로이와는 이딴 장난으로 자기가 겁먹을 줄 아느냐고 으스대면서도, 글씨가 완전히 지워질 때까지 지우개로 벅벅 문대지 않을 수 없었던 것이다.

"그런데 이상하긴 해."

구로이와가 거기서 목소리를 더 낮췄다.

"분명히 와타누키의 짓이라고 생각했는데, 와타누키는 내가 그 책을 가져오고 나서 한 번도 그 책에 손을 대지 않았다는 거야. 분명 나는 직접 서가에서 그 책을 골라서 그대로 대출 카운터로 가져갔어."

그렇구나, 하고 미즈타니가 고개를 끄덕였다.

"즉, 와타누키가 권한 게 아니라, 100퍼센트 너의 의

사로 골랐으니 와타누키가 장난 칠 틈은 없었다는 거지?"

"그런 셈이지."

구로이와는 말귀를 잘 알아들어서 다행이라는 듯이 몸을 내밀었다.

"이상하지? 내가 그 책을 고른 건 우연이야. 적당히 다른 책이라도 빌리려고 그냥 눈에 들어온 책을 가져왔을 뿐이라고. 그러니까 내가 그 책을 고를 줄은 와타누키는 물론이고 아무도 예상하지 못했을 거야."

"무슨 책이었는데?"

"《이상야릇 생물 도감》이라는 책."

구로이와가 말한 책은 제목 그대로 생태가 별난 생물을 소개하는 도감이다.

"게다가 난 '막 반납된 책' 서가에서 책을 골랐어. 앞서 빌린 사람이 누구인지는 모르겠지만, 소란을 떨지도 글씨를 지우지도 않았다는 건 걔가 읽었을 때는 낙서가 없었다는 뜻이겠지?"

"걔가 썼을 가능성도 있지만."

미즈타니가 고개를 기울이고 말하자 구로이와는 아, 하고 입을 크게 벌렸다. 그러나 바로 "아니." 하며 고개를 저었다.

"그게 끝이 아니야."

구로이와가 나지막한 목소리로 말했다.

"성질이 나서 그 책도 집어치우고 다른 책을 고르기로 했지. 이번에는 일반 서가에 꽂힌 책을 꺼내서 바로 페이지를 넘겨 봤어. 그럼 정말로 나 말고는 아무도 안 건드린 거잖아?《이상야릇 생물 도감》이야 누가 적당히 낙서를 해놓은 책을 우연히 내가 골랐을지도 모르지만, 아무리 그래도 두 권 연속으로 그런 일이 일어날 리는 없어. 그런데."

거기서 말을 멈췄다. 의식적으로 뜸을 들였다기보다 말문이 막힌 듯한 느낌이었다. 구로이와의 목울대가 위아래로 움직였다.

"이번에는 첫 페이지를 넘기자마자 아까 본 낙서와 똑같은 글씨체로 낙서가 있었어. ……게다가 내 이름도 함께.'"

"뭐라고 적혀 있었는데?'"

"'구로이와 겐고는 피투성이로 죽는다.'"

미즈타니가 눈썹을 추켜세웠다.

구로이와가 다시 입술을 핥았다.

"그냥 '피투성이로 죽는다'뿐이라면 누군가 장난 삼아 예전에 쓴 낙서라고 볼 수 있을지도 모르지만, 내 이름도 있으니 분명 나를 대상으로 쓴 거잖아."

미즈타니는 고개를 끄덕이지 않고 "그건 무슨 책이야?" 하고 물었다.

구로이와가 "뒤죽박죽된 유에프오 같은 게 나오는 책인데." 하고 대답했다.

그건 〈뒤죽박죽 3인조〉 시리즈 중 한 권이다. 모두에게 인기 있는 시리즈라 대출이 끊이지 않는다.

"깜짝 놀라서 당장 서가에 꽂았지만, 그래서는 내가 쫀 거 같잖아. 열 받으니까 한 권만 더 시도해 보기로 했지. 고르겠다고 생각하는 게 문제 아닐까 싶어서, 이번에는 눈을 감고 아무 생각 없이 정말로 적당히 골랐어. 누가 간섭하지 못하도록 아무도 없는 서가에서."

구로이와가 들고 있던 책을 미즈타니에게 내밀었다.

《왕따는 뭐야?》

확실히 평소 같으면 구로이와가 절대로 고를 것 같지 않은 책이었다.

애당초 반 아이들이 모두 있는 독서시간에 왕따에 대한 책을 읽는 아이는 거의 없다.

왕따에 대한 책을 모아 둔 서가에 다가가는 아이 자체를 본 적이 없었다.

미즈타니가 책을 받아서 페이지를 넘겼다.

나는 고개를 내밀어 들여다보았다.

페이지가 넘어갈 때마다 심장이 점점 빨리 뛰었다. 이 책이 뭔데. 왜 구로이와는 이 책을 가지고 왔을까.

설마 이 책에도 뭔가 있다는 건가.

'살려 줘.'

헉, 하고 목구멍에서 작은 소리가 새어 나왔다.

— 뭐지, 이건.

그 말은 중간 페이지의 가장자리에 적혀 있었다.

휘갈겨 쓴 건지 괴발개발인 세 글자.

팔뚝에 소름이 돋았다.

한순간 주변에서 소리가 사라지고, 낯선 곳에 혼자 남겨진 듯한 기분이 들었다.

설마……. 그다음은 생각이 말로 정리되지 않았다.

"야, 신."

처음보다 가냘파진 구토이와의 목소리가 귓구멍으로 기어들었다.

"이거, 대체 뭐야."

미즈타니는 과연, 하고 말하며 코 밑을 손가락으로 문질렀다.

"확실히 수수께끼 냄새가 나네."

나는 평소와 다름없는 어조로 말하는 미즈타니를 멍하니 바라보았다.

― 미즈타니는 무섭지 않은 걸까.

"그렇게 태평한 소리가 나오냐."

구로이와도 눈에 쌍심지를 켜고 말했다. 한번 입을 다물었다가 겁을 먹었다는 사실을 들킬 것 같았는지 "어차피 누가 장난친 거겠지만." 하고 덧붙여 말했다.

"그럼, 넌 정말 저주라면 어떻게 해야 할지보다 누가 이런 장난을 쳤는지 알고 싶다는 거야?"

미즈타니가 묻자 구로이와는 시선이 흔들리면서도 "그래." 하고 대답했다.

"그럼 만약 장난이 아니라 진짜 저주라면 어떻게 할래?"

구로이와의 시선이 더 흔들렸다.

"그건……."

"저주에서 벗어날 방법은 생각하지 않아도 돼?"

"아니…… 뭐, 그것도 가르쳐 준다면 듣겠지만."

구로이와는 민망한 듯이 웅얼거리는 목소리로 말했다.

― 역시 구로이와도 실은 무서워서 죽을 것 같은 거야.

그야 그럴 것이다.

왜냐하면 이런 일이 무섭지 않을 리 없다.

'저주의 책'은 거짓말일 게 뻔하다는 생각이었기에 담력 시험을 했는데, 그 결과 진짜로 저주라고밖에 볼 수 없는 일이 일어났으니까.

적당히 선택한 책에 전부 저주 같은 말이 적혀 있었다.

'앞으로 3일.'

'구로이와 겐고는 피투성이로 죽는다.'

'살려 줘.'

가와카미의 차분한 표정이 머릿속에 되살아났다.

'정말로 고마워, 미즈타니, 사토하라.'

우리가 집을 나설 때 가와카미가 힘없이 꺼낸 말.

그때 가와카미는 앞으로 자신에게 무슨 일이 일어날지 알고 있었던 것 아닐까.

다시는 우리와 만나지 못할지도 모른다는 생각에 그런 말을 한 것 아닐까.

자신은 분명 죽는다.

그러한 미래를 바꿀 방도는 없다고 체념하면서도 실은 도움을 바란 것 아닐까.

잠깐만, 가지 마, 혼자 남겨 두지 마. 그런 말을 애써 삼키고 그저 공포를 견뎠다.

나는 눈을 꼭 감았다.

― 왜 그때 가와카미를 혼자 남겨 뒀을까.

미즈타니는 '아동상담소에 신고하는 게 낫지 않을까.' '어린애가 몇 명 있어 봐야 분명 아무 도움도 안 될 거야.'라는 내 말에 '알았어.' 하고 고개를 끄덕였다.

'확실히 그게 현실적인 방법이겠네.'라며.

그 말을 믿고 어른에게 맡기기로 했다.

하지만 홀로 무서운 공간에 남겨진 가와카미는 떠나는 우리의 뒷모습을 어떤 심정으로 바라보았을까.

― 원망했을지도 몰라.

아빠 손에 죽은 가와카미는 자신을 구해 주지도 않았으면서 하루하루 즐겁게 지내는 아이들을 보며 원망과 질투를 불태웠다.

그런 괴담을 들어도 그냥 지어 낸 이야기라고 생각했다.

― 하지만.

어쩌면 진짜 아니었을까.

가와카미는 우리를 원망한다. 학대당한다는 걸 알면서도 구해 주지 않고, 어른에게 맡기는 편이 낫다는 정론을 핑계로 달아난 우리를.

― 그렇다, 나는 도망쳤다.

폭력을 휘두른다는 가와카미 아빠가 무서웠다. 나까지 때리면 어쩌나 싶었다. 폭력에 대항할 수단을 가와카미와 함께 고민하기도 무서웠다.

연관되기 싫다는 마음이었다.

분명 가와카미는 그런 내 마음을 꿰뚫어 보았으리라. 그래서 목구멍까지 올라온 말을 꺼내지 않은 것이다.

살려 줘.

그 한마디를.

눈을 떴을 때는 미즈타니가 책을 덮은 뒤였다.

그 글씨를 보지 않아도 된다는 사실에 안도하다가, 그런 나 자신이 싫어졌다.

보지 않아도 이미 눈꺼풀 안쪽에 새겨져 있다.

'살려 줘.'

제한된 시간에 쫓기며 안간힘을 다해 부르짖듯이 쓴 글씨.

미즈타니는 저주에서 벗어날 방법은 간단하다고 말했다.

"다른 사람에게 저주의 책을 읽히면 돼."

구로이와는 눈을 깜박깜박하더니 인상을 찌푸렸다.

"……쪽팔리게 그런 짓을 어떻게 하냐."

"쫄았다고 생각할까 봐?"

구로이와는 그래, 하고 강한 어조로 대꾸하더니 "딱히 쫄지도 않았고." 하며 콧방귀를 뀌었다.

미즈타니는 그렇구나, 하고 고개를 끄덕였다.

"확실히 여기서 멈출 수 있다면 그러는 게 좋겠지."

미즈타니의 말에 나는 문득 깨달았다.

와타누키가 구로이와를 도발하면서까지 이 책을 읽게 한 건, 저주에서 벗어나기 위해서 아니었을까. 그야말로 담력 시험이나 하는 기분으로 읽어 보았지만, 기한인 3일이 되기 전에 무서워져서 새로운 희생양에게 저주를 떠넘기기로 했는지도 모른다.

"그럼 일단 현장에 가 보자."

미즈타니는 책을 들고 걸음을 옮겼다.

망설임 없이 계단을 내려가는 뒷모습을 나와 구로이와가 쫓아가는 모양새였다.

도서실로 향하는 동안 구로이와는 미즈타니에게 말을 걸려고 하지 않았다. 마치 아무 관계도 없다는 듯이 파카 호주머니에 손을 넣은 채 옆을 보고 걸었다.

복도는 몹시 추웠다.

입을 벌리면 하얀 입김이 흘러나왔고, 숨을 쉴 때마다 몸이 속부터 차가워졌다.

도서실에 도착하자 미즈타니는 일단 〈소설 베프 호러〉 시리즈가 꽂힌 서가로 향했다.

"처음에 《절규 도서관 친구 지옥》을 꺼낸 건 여기?"

응, 하고 구로이와가 다른 곳을 보며 고개를 살짝 끄덕였다.

"그걸 빌려서 금방 다 읽고 다음으로 《이상야릇 생물 도감》을 '막 반납된 책' 서가에서 골랐지."

미즈타니는 확인하듯이 말하며 서가 앞으로 가서 놓여 있던 책을 펄럭펄럭 넘겼다.

마지막 페이지까지 넘긴 후 대출 카운터 앞으로 가서 "여기서 대출 절차를 밟고 자리에 앉아서 읽었어." 하고 중얼거렸다.

대출 카운터에 있던 6학년 도서위원이 의아한 표정을 지었다. 미즈타니는 아랑곳없이 발걸음을 돌려 "다음은 〈뒤죽박죽 3인조〉 시리즈네." 하며 '도서' 서가로 이동했다.

〈뒤죽박죽 3인조〉 시리즈는 인기가 많아서 그런지, 원래 열 권도 넘는 책이 두 권밖에 서가에 남아 있지 않았다.

미즈타니는 그 두 권을 순서대로 꺼내서 물 흐르는 듯한 손놀림으로 모든 페이지를 확인했다.

"흠, 그 외에 낙서가 적힌 책은 없네."

냉정하게 분석하는 듯한 목소리에 구로이와의 얼굴이 굳어졌다.

"그리고 마지막으로《왕따는 뭐야?》."

미즈타니는 왕따에 대한 책을 모아 둔 서가로 걸어가 나란히 꽂힌 책을 확인하기 시작했다. 한 권, 두 권, 세 권, 네 권, 미즈타니가 차례차례 확인하는 동안에도 구로이와는 그저 가만히 서 있었다. 또 글씨를 발견하면 어쩌나 걱정이라 그런 걸까, 아니면 주변의 시선을 의식하는 걸까.

나는 한 걸음 앞으로 나아가 고개를 뻗어 미즈타니가 든 책을 들여다보았다가 숨을 삼켰다.

'살려 줘.'

'살려 줘.'

'살려 줘.'

'살려 줘.'

'살려 줘.'

오한이 발밑에서부터 스멀스멀 기어올라 왔다.

— 어째서.

미즈타니는 모든 책을 다 확인한 후 작게 한숨을 쉬었다.

"그렇군."

"뭔가 알아냈어?"

구로이와가 몸을 쑥 내밀었지만 미즈타니는 아무 대답도 없이 뭔가 생각하듯 입가에 주먹을 댔다. 허공에 적힌 투명한 뭔가를 읽듯 눈알이 왼쪽에서 오른쪽으로 이동했다. 시선이 한가운데로 돌아와서 멈췄다.

미즈타니는 수수께끼를 풀어냈으리라. 늘 함께 있는 나는 안다.

— 아니, 미즈타니는 구로이와의 이야기를 들은 단계에서 이미 짐작했을지도 모른다.

도서실까지 온 건 분명 추리를 확인하기 위한 과정이었다.

미즈타니는 구로이와에게 몸을 돌리고 입을 열었다.

"미안해."

"뭐?"

나와 구로이와의 목소리가 겹쳤다.

"힘이 못 돼 줄 것 같아."

미즈타니는 그렇게만 말하고 입을 다물었다.

나는 두 귀를 의심했다.

— 힘이 못 돼 줄 것 같다고?

그게 무슨 소리지.

수수께끼를 풀어낸 게 아닌가.

미즈타니가 패배를 인정하는 듯한 말을 하다니.

"야, 뭐야. 곤란한 일이 생기면 뭐든지 해결해 주는 거 아니었어?"

구로이와의 뺨이 벌게졌다.

"나는 신이 아니니까."

미즈타니는 조용히 답하고 "하지만 저주 받은 건 아닐 테니까 괜찮을 거야." 하고 말했다.

이 자식이, 하고 구로이와가 으름장을 놓았다.

"무슨 근거로 그딴 소리를 하는 거야. 내가 저주 받았으면 어쩌려고."

"아까 말했잖아. 저주가 무서우면 남에게 떠넘기면 돼."

"무서운 거 아니라고 했잖아!"

고함을 지른 구로이와는 사람들의 시선이 자신에게 집중된 걸 알고 얼굴이 더 벌게졌다.

"……됐어, 집어치워."

구로이와는 까칠한 목소리로 나지막하게 말하고 미즈타니에게 어깨를 부딪치며 도서실에서 나갔다. 떠밀려서 휘청한 미즈타니는 자세를 바로잡고 나서 숨을 내쉬었다.

"미즈타니."

일단 부르기는 했지만 무슨 말을 해야 할지 몰랐다. 괜찮으냐고 묻기도 어정쩡하고, 왜 구로이와에게 그렇게 말했느냐고 물으면 나무라는 것 같다.

그때 내가 그런 생각을 했다는 것에 놀랐다.

— 난 미즈타니를 탓하는 마음을 품고 있는 걸까.

왜 여느 때처럼 제대로 추리를 하지 않는 거냐고. 정말로 진상을 모르는 거냐고.

미즈타니는 들고 있던 책을 서가에 꽂고 도서실에서 나갔다.

"미즈타니."

나는 얼른 뒤쫓았다.

미즈타니는 돌아보지도 않고 신발장으로 가서 실외화로 갈아 신었다.

그때 머리 위에서 종소리가 울렸다.

나는 흠칫 놀라 고개를 들었다.

이건 예비 종이니까 쉬는 시간은 5분 후에 끝난다. 하지만 늦지 않으려면 지금 교실로 돌아가야 한다.

그러나 미즈타니는 개의치 않고 밖으로 나갔다. 나는 잠깐 망설였지만 신발을 갈아 신고 따라갔다.

미즈타니는 수돗가 옆을 지나쳐 왼쪽으로 꺾었다. 그리고 곧장 수영장 뒤쪽으로 향했다.

나는 역시나 싫었다.

역시 미즈타니는 진상을 알아차린 것이다.

수영장 뒤쪽은 여름 말고는 아무도 오지 않는 곳이다. 높은 하늘색 벽과 나무 사이에 끼인 공간은 햇빛이 들지 않아 몹시 추웠다.

미즈타니는 발을 멈추고 내게로 돌아서며 오른손을 들었다.

"구로이와가 봤다는 낙서가 된 책은 《이상야릇 생물 도감》, 《뒤죽박죽 3인조의 우주여행》, 《왕따는 뭐야?》 이렇게 세 권이야."

단숨에 말하면서 손가락을 차례대로 세웠다.

"첫 번째 《이상야릇 생물 도감》은 '막 반납된 책' 서가에서 적당히 고른 후 대출 카운터에서 대출해 자리에 앉아서 읽었지."

손을 내리고 내 얼굴을 빤히 보았다.

"두 번째 《뒤죽박죽 3인조의 우주여행》은 일반 서가에 꽂혀 있던 책. 이번에는 대출 절차를 밟지 않고 그 자리에서 페이지를 확인했어."

한숨 돌린 후 "그리고 세 번째 책." 하고 말을 이었다.

"《왕따는 뭐야?》는 구로이와가 아무도 없는 서가에서

눈을 감은 채 적당히 뽑은 책이야."

도서실 쪽으로 시선을 휙 돌렸다.

"각각 다른 상황에서 다른 방법으로 골랐는데도 왠지 전부 다 '저주' 같은 말이 적혀 있었어. '앞으로 3일', '구로이와 겐고는 피투성이로 죽는다', '살려 줘'. 확실히 저주라고밖에 볼 수 없는 상황이라 구로이와는 큰소리를 떵떵 치면서도 속으로는 몹시 무서웠겠지. 남아 있는 이틀 동안 홀로 그 공포를 견딜 것인가, 아니면 남에게 떠넘기는 방법을 선택할 것인가."

미즈타니는 눈을 내리떴다.

"뭘 선택해도 괴롭겠지. 앞쪽을 선택하면 이틀을 두려움에 떨어야 하고, 뒤쪽을 선택하면 자기가 공포에 졌음을 인정하는 셈이니까."

"그럼 왜 아까 그렇게 말한 거야."

나는 참지 못하고 물었다.

"왜냐니?"

미즈타니가 되물었다.

"넌 실은 그게 저주고 뭐고 아무것도 아니라는 걸 알고 있었잖아."

"어째서 그렇게 생각하는데?"

미즈타니는 어리둥절한 표정도 캐묻는 표정도 아니었다. 그저 확인하듯이 물었다.

그야, 하고 대답하는 목소리가 희미하게 떨렸다.

"그야…… 넌 신이니까 모를 리 없어."

"난 신이 아니야."

아까 구로이와에게 했던 말과 똑같은 대답을 듣고 머리끝까지 화가 났다.

"그럼 왜 방금 이틀을 두려움에 떨어야 한다고 했는데? 만약 저주라고 생각한다면 '앞쪽을 선택하면 죽는다'고 해야지. 아니면 이상하잖아."

미즈타니는 과연, 하고 평상시와 같은 투로 말하더니 확실히 그러네, 하고 고개를 끄덕였다.

그것 봐, 하고 대꾸하는 내 목소리가 듣기 싫게 뒤집어졌다.

"역시 알고 있었으면서."

미즈타니는 모르면 안 된다.

뭐든지 꿰뚫어 보고 올바른 길을 제시해야 한다.

미즈타니가 작게 한숨을 쉬었다.

"뭐, 그렇지."

그 말에 나는 울고 싶은 기분이었다. 무슨 감정 때문에 그런지는 나도 알 수 없었다.

　미즈타니는 코 밑을 손가락으로 문지르더니 그게 신호인 것처럼 이야기를 시작했다.

　"괴이 현상인지 아닌지를 판단하려면, 일단 그게 인간에게 가능한 일인지 불가능한 일인지를 먼저 파악해야 해."

　계시를 내리는 듯한 목소리였다.

　"구로이와가 자기 의사로 적당히 고른 책에 전부 '저주' 같은 말이 적혀 있었어. 얼핏 보면 인간에게는 불가능한 일처럼 느껴질지도 모르지. 하지만 하나하나 나누어서 생각하면 전부 가능한 일이야."

　아까처럼 손가락을 하나 세우고 첫 번째, 하고 말을 이었다.

　"구로이와는 '막 반납된 책' 서가에서 책을 골랐어. 전에 빌린 사람이 글씨를 썼을 가능성도 고려하지 않을 수 없겠지만, 그 후에 나온 '저주의 말'과 글씨체가 같았다는 점에서 그 가능성은 제외할 수 있지. 남은 가능성은 책을 고른 구로이와가 페이지를 펼치기 전에 책을 건드린 사람이 글씨를 썼다는 거야. 그리고 그게 가능했던 사람이 딱 한 명 있어."

　거기서 말을 멈춘 미즈타니는 그게 누구인지는 밝히지

않고 두 번째, 하고 말을 이었다.

"다음에 구로이와는 대출 절차를 밟지 않고 그 자리에서 페이지를 확인했어. 그러니까 구로이와가 책을 선택한 후에 누가 글씨를 써넣을 틈은 없었지. 따라서 인간에게는 불가능하게 느껴지지만 애당초 이 책은 꼭 구로이와가 선택하지 않아도 상관없었어."

미즈타니는 일단 손을 내리고 "심리 트릭 같은 거지." 하며 허공을 보았다.

"구로이와가 고른 책마다 '저주의 말'이 적혀 있어서 마치 '저주가 구로이와를 목표물로 삼아 구로이와가 고르는 책에 글씨를 만들어 내는 것'처럼 보였지. 하지만 만약 구로이와 말고 다른 사람이 그 책을 골랐어도 결과는 마찬가지였어. 책을 펼친 사람이 '여기 구로이와의 이름이 적혀 있다'고 소란을 떨면 구로이와는 역시나 '자기가 목표물'이라고 느꼈을 테니까."

종소리가 들렸다.

쉬는 시간이 끝났음을 알리는 종이다.

그러나 미즈타니도 나도 움직이지 않았다.

미즈타니는 "요컨대 꼭 구로이와가 고른 책에 글씨가 적혀 있어야 하는 건 아니었다는 뜻이야." 하고 설명했다.

"〈뒤죽박죽 3인조〉 시리즈는 모두에게 인기가 있으니까 혹시 구로이와가 고르지 않았더라도 누군가 읽었겠지."

그리고 세 번째, 하고 미즈타니가 손가락을 세웠다.

"이건 더 단순해. 눈을 감고 정말로 무작위로 고른 책에 '저주'로 보이는 글씨가 있었다, 그러니까 괴이 현상이라고 구로이와는 생각했겠지만 이건 노력만 하면 누구나 사용할 수 있는 트릭이거든."

방법은 간단하다고 말하는 미즈타니를 나는 가만히 바라보았다.

"그 서가의 모든 책에 '살려 줘.'라는 글씨를 써 놓으면 돼."

나는 아까 도서실에서 미즈타니가 그 서가의 책을 확인했을 때 보았던 글씨를 떠올렸다.

'살려 줘.' '살려 줘.' '살려 줘.' '살려 줘.' '살려 줘.' '살려 줘.' 어느 책이든 적혀 있던 글씨.

나는 하지만, 하고 끼어들었다.

"구로이와가 어떤 서가를 선택할지는 몰랐을 텐데? 아니면 도서실의 모든 책에 써 놨다는 거야?"

아니, 하고 미즈타니는 고개를 저었다.

"아무래도 그건 힘들 테고, 혹시 가능하더라도 그랬다

가는 아이들이 전부 소란을 떨었겠지."

"그렇다면."

"이것도 심리 트릭의 일종이야."

미즈타니가 내 말을 막고 설명했다.

"자기 딴에는 아무 의도도 없이 서가를 선택했겠지만, 사실 구로이와는 은근슬쩍 유도당했어. 그때 구로이와는 완전히 의심에 빠져 있었지. 이건 정말 저주일까, 아니면 누가 자기에게 겁을 주려고 장난을 치는 걸까. 따라서 눈을 감고 책을 고른다는 방법을 생각해 냈을 때, 누가 일부러 책을 주지는 않을까 불안했을 거야. 구로이와 본인도 그랬잖아. '누가 간섭하지 못하도록 아무도 없는 서가에서' 책을 골랐다고. 그리고 아무도 없는 서가를 만드는 건 인간에게 불가능한 일이 아니었어."

미즈타니가 해설하듯 말했다.

"그 서가에는 왕따에 관한 책을 모아놨지. 독서시간에 다른 아이들 앞에서 고르기는 좀 꺼려질 만한 책이야."

내 생각과 똑같았다.

"그밖에도 그런 서가가 없지는 않지만 만약 구로이와가 다른 서가에 가려고 한다면, 범인이 그 앞에 서 있으면 돼."

미즈타니는 범인이라는 단어를 사용했다.

그 차가운 어감을 곱씹으며 나는 "그럼." 하고 입을 열었다.

"왜 아까는 이 추리를 구로이와에게 들려 주지 않았어?"

들었다면 구로이와는 안심했을 것이다.

저주고 뭐고 아니라는 사실을 알고 기뻐하며 미즈타니에게 "역시 신이야." 하고 고마워했으리라.

그런데 왜 말해 주지 않고 모른 척했을까.

"범인을 감싸 주려고 그런 거야?"

그것밖에 없었다. 왜냐하면 구로이와는 안심한 후에 자신에게 겁을 준 사람에게 화를 냈을 테니까.

그리고 지금 미즈타니가 펼친 추리를 들으면 구로이와도 범인이 누군지 알 수 있다.

구로이와가 첫 번째 책을 고르고 페이지를 펼치기 전에 대출 카운터에서 책을 건드린 사람, 바로 나라는 걸.

"나를 감싸 주려고 일부러 거짓말을 한 거야?"

나는 단어를 바꿔 다시 말했다.

그러나 미즈타니는 "아니야." 하고 짤막하게 대답했다.

"그럼 왜?"

"너랑 똑같아."

미즈타니는 나를 똑바로 바라보았다.

"구로이와가 겁먹기를 바랐거든."

그 말에 강한 바람이 몸속을 빠져나가는 느낌을 받았다.

— 아아.

그랬구나.

내 마음을 구체적으로 의식한 적은 없었다. 하지만 분명 나는 구로이와를 용서할 수 없었다.

'가와카미에 얽힌 괴담'을 재미있어 하며 담력 시험을 하는 기분으로 '저주의 책'이라 불리는 책을 읽은 구로이와를.

가와카미는 죽고 말았다.

친아빠에게 학대를 당하는데도 아무에게도 도움을 받지 못하고 홀로 공포와 고통을 견디다 살해당했다.

그런데 같은 반 아이가 그런 꼴을 당했는데, 어떻게 그 사연을 괴담으로 즐길 수 있단 말인가.

"처음 그 괴담을 들었을 때, 어쩔 수 없는 일이다 싶었어."

미즈타니가 중얼거리듯이 말했다.

"같은 반 아이가 그런 식으로 죽었다는 이야기를 들으면 충격을 받지 않을 리 없지. 동요하고 겁먹은 마음에 균형을 찾아 주기 위해 괴담을 만들어 낸다? 그건 어떤 의미에서는 절실한 행위야."

곰곰이 음미하는 듯한 미즈타니의 목소리를 나는 표정

변화 없이 들었다.

미즈타니는 흔한 일이야, 하고 말을 이었다.

"무섭고 안타까우니까 그대로 있을 수 없는 거지. 어떻게든 이야기를 만들어 내고, 거기에 다른 문맥을 붙여서 해석함으로써 조금이라도 합리화하려는 거야. 아니, 애당초 괴담은 죄다 그런 건지도 모르겠어. 죽음이 두려우니까, 가까운 사람이 죽는 게 괴로우니까 괴담이라는 이야기가 태어나는 거겠지."

나로서는 그 말을 잘 이해할 수가 없었다. 괴담이 어떻게 태어나든 말든 내 알 바 아니다.

내게 중요한 건 그게 가와카미의 이야기라는 것이다.

실제로 우리 곁에 살았던 가와카미에게 정말로 일어난 일.

그걸 이야기로 만들어 합리화해서는 안 된다.

우리는 똑바로 마주 보아야 한다.

자신이 뭘 하지 못했는지. 그 탓에 가와카미가 얼마나 아프고 무섭고 괴로웠는지.

그런데 그 일을 괴담으로 만든 것도 모자라, 담력 시험을 하려는 인간을 어떻게 용서하겠는가.

잔뜩 무서워하기를 바랐다.

겁을 먹고 괴로워하며 가와카미가 느꼈을 공포를 조금이라도 맛보기를 바랐다.

그래서 나는 구로이와가 '저주의 책'이라고 소문난 《절규 도서관 친구 지옥》을 빌려 간 후 《뒤죽박죽 3인조의 우주여행》에 '구로이와 겐고는 피투성이로 죽는다.'라고 적었다.

구로이와가 《이상야릇 생물 도감》을 대출 카운터로 들고 왔을 때, 대출 절차를 밟는 척하면서 〈앞으로 3일〉이라고 적었다.

전부 미즈타니가 추리한 대로다.

하지만 미즈타니의 추리는 한 군데가 틀렸다.

'살려 줘.' '살려 줘.' '살려 줘.' '살려 줘.' '살려 줘.' 서가의 모든 책에 적혀 있던 수많은 글씨.

― 그건 내가 한 짓이 아니다.

그건 나도 처음 봤다.

'저주의 책'은 없다고 생각했다. 그리고 적어도 《절규 도서관 친구 지옥》은 저주의 책이 아니다.

하지만 그건, 그 글씨는.

"교실로 돌아가자."

미즈타니가 작게 말했다.

나는 아무 말 없이 미즈타니를 따라갔다.

그 글씨가 뭔지 나는 모른다.

다른 사람이 뭔가 이유가 있어서 쓴 걸까. 아니면 정말로 가와카미의 영혼이 그런 걸까.

미즈타니에게 이야기하면 알 수 있을지도 모르지만 나는 말할 생각이 없었다.

그랬다가 만약 미즈타니도 모른다면 미즈타니는 더 이상 신이 아니게 되니까.

미즈타니는 주어진 정보를 통해 반드시 올바른 답을 찾아내는 신이어야 한다.

그렇지 않으면 그때 우리가 취한 행동은 잘못이 되고 만다.

어린애가 몇 명 있어 봐야 아무 도움도 안 된다고 생각해 가와카미의 집을 떠났던 그 일 말이다.

그때 미즈타니는 '확실히 그게 현실적인 방법이겠네.' 하고 말했다.

나를 말리고 가와카미와 같이 있자고 말하지 않았다.

하지만 그게 올바른 선택이었다면, 올바른 일을 했는데도 비극을 막지 못했다면, 그건 어쩔 수 없는 결과다.

에필로그

봄방학의

공개 정답

운동장에 떨어진 벚꽃을 내려다보며 나는 일 년 전을 떠올렸다.

할머니의 벚꽃절임이 든 병을 깨뜨려서 미즈타니에게 도움을 받은 후로 이런저런 일이 있었다.

미술실에서 벌어진 일의 수수께끼를 미즈타니가 풀었고, 그걸 계기로 가와카미와 얍삽이를 활용한 계획을 짰다. 가와카미가 아빠에게 놓은 함정을 미즈타니가 발견해, 가와카미의 계획을 말리고 아동상담소에 신고했다. 가와카미가 없어진 와중에도 운동회는 치러졌고 미즈타니가 세운 작전이 대성공을 거두었다.

그리고 가와카미가 아빠 손에 죽었다는 소문이 퍼졌고, 그 소문에서 '저주의 책'이라는 괴담이 탄생했다.

그 괴담으로 담력 시험을 하려고 했던 구로이와를 혼내 주기 위해 도서실 책에 손을 쓴 건 바로 나다. 미즈타니는 그 사실까지 꿰뚫어 보았지만 '진짜 괴이 현상'에 대해서는 모른다.

왜냐하면 내가 추리에 필요한 정보를 전하지 않았으니까.

쪼그려 앉아 꽃잎을 주우려 했지만 꽃잎은 땅바닥에 찰싹 붙어 있었다.

누가 밟았는지 끄트머리가 끊어지고 전체적으로 거무튀튀했다.

"미즈타니."

나는 옆에 있는 미즈타니를 불렀다.

"왜?"

미즈타니는 앞을 본 채 입을 열었다. 나는 꽃잎을 억지로 떼어 냈다.

"올해도 벚꽃절임 만들까."

"또 엎질렀어?"

"그건 아니지만, 달리 할 일도 없으니까."

미즈타니는 그렇구나, 하고 대답했지만 움직이려고는 하지 않았다. 나도 꽃잎을 땅바닥에 떨어뜨리고 입을 다물었다.

그대로 타이어에 나란히 앉아 말 없는 시간을 보냈다.

6학년 반 배정은 어떻게 될까 멍하니 생각했다.

미즈타니와는 4학년과 5학년 때 같은 반이었다. 우리 학년에는 두 반밖에 없으니까 6학년 때도 같은 반이 될 가능성이 높지만, 어떻게 될지는 모른다.

미즈타니와 반이 갈리면 어쩌나 생각하자 기분이 우울해졌다. 미즈타니는 중학교 수험을 준비한다는 모양이니까 어쨌거나 중학교는 갈린다. 하지만 하다못해 초등학교 마지막 1년은 지금까지처럼 미즈타니와 함께 지내고 싶었다.

나는 봄방학에도 이렇게 미즈타니하고만 논다. 논다고 해도 개방된 학교 운동장에서 만나 이야기나 하는 게 고작이지만, 그래도 미즈타니가 없으면 더 따분했을 것이다.

도서실에라도 가자고 할까 싶었다. 하지만 구로이와의 일이 있은 후로 어쩐지 미즈타니와 함께 도서실에 가기가 껄끄럽기도 하다.

그래도 이대로는 할 일이 없으니 우리 집에나 가자고 할까 싶었을 때였다.

교문으로 뛰어 들어오는 이다 양이 보였다. 이다도 운

동장을 이용하러 온 걸까 생각하다 깨달았다.

─ 이다는 전학 가지 않았나.

옆 반이라 자세히는 모르지만 부모님 직장 사정으로 3학기 말에 전학을 가게 돼서 옆 반에서 송별회를 열었을 것이다.

게다가 이다는 어째선지 우리 쪽으로 달려왔다.

"신!"

"이다, 아직 이사 안 갔구나."

미즈타니도 웬일인가 싶었는지 고개를 살짝 갸웃했다.

"아니야, 이사는 갔는데 곤란한 일이 생겨서."

이다는 안절부절못하는 표정으로 말하더니 음, 어떻게 설명하면 될까, 하고 시선을 이리 주었다가 저리 주었다가 했다.

미즈타니는 끼어들지 않고 참을성 있게 기다렸다.

이다는 어떤 순서로 말할지 고민하는 것 같았지만, 결국 조바심을 이기지 못한 듯 "유키토가 없어졌어." 하고 불쑥 말했다.

나는 "유키토?" 하고 되물었다.

"걔, 아직 네 살밖에 안 됐는데. 집 열쇠도 없는데. 어쩌지, 신."

"진정해."

드디어 미즈타니가 말을 꺼냈다.

"유키토는 네 남동생?"

"응, 아직 네 살이야."

이다는 방금 언급한 정보를 다시 말했다.

"그렇구나. 없어졌다는 건 어딘가에서 길을 잃었다는 뜻이야? 아니면 집에서 없어졌어?"

"길을 잃은 건지도 모르고, 집을 나간 건지도 몰라."

이다는 종잡을 수 없는 대답을 했다. 하지만 그 후에 덧붙인 "……유괴일지도."라는 말에 가슴이 철렁했다.

"유괴?"

나는 갈라진 목소리로 되물었다.

"그럼 몸값을 요구하는 연락이 온 거야?"

"재수 없는 소리 하지 마. 그럴 리 없잖아!"

주어진 정보에서 떠오른 가능성을 꺼내 놓자 이다는 매서운 목소리로 부정했다. 내가 쩔쩔매자 이다의 얼굴이 잔뜩 일그러졌다.

"어쩌지, 다 내 잘못이야. 내가 손을 놓는 바람에……."

이다의 눈에서 굵은 눈물이 뚝뚝 흘러내렸다.

미즈타니가 슥 다가갔다.

"걱정하지 마. 일단 뭐가 어떻게 된 건지 말해 줘."

이다의 등을 문지르며 달래는 투로 말했다.

이다는 훌쩍이면서 이야기를 시작했다.

"있지, 요전에 송별회를 하고 바로 이사를 갔어. 그런데 유키토는 새집을 싫어해서…… 유치원을 옮겨야 하는 것도 싫어서 그랬겠지만, 이사한 후로 계속 투정을 부렸어. 나도 전학 가기는 싫었지만 이사 가면 내 방이 생기니까 그건 좋다고…… 하지만 나도 그렇게 마음먹으려고 애쓴 거다? 정해진 일이니까 어쩔 수 없잖아. 조금이라도 받아들일 수 있도록 노력하는 수밖에 없으니까 나도 애쓴 건데."

"그렇구나."

나는 아직 무슨 상황인지 전혀 파악이 안 됐지만 미즈타니는 고개를 끄덕였다. 그러자 이다는 조금 안심한 듯 그래서 말이야, 하고 이야기를 이어나갔다.

"이사한 지 일주일이 지나도 유키토가 칭얼거리니까 조금이나마 기분이 풀리도록 디즈니랜드에 놀러 가기로 했어. 밤까지 놀 수 있게 디즈니 파크의 호텔까지 잡아서. 돈이 꽤 들었지만 아빠, 엄마는 속죄하는 기분이었을 거야. 자기들 사정 때문에 아이들이 친구와 헤어졌으니 미안하다, 뭐 그런 거지. 유키토도 겨우 기분이 풀렸고 호텔에서도 '궁전 같아, 다 같이 있는 거야?' 하며 엄청 좋아해서 오길 잘했다 싶었는데."

거기서 이다는 말을 멈추고 인상을 찡그렸다.

"그런데 돌아갈 때가 되자 유키토가 또 칭얼대는 거야. 오늘도 디즈니랜드에 가고 싶다, 도널드 덕을 만나고 싶다면서. 하지만 이제 표도 없고 집에도 가야 하잖아? 나중에 또 오자고 30분쯤 설득했는데도 말을 들어야 말이지. 결국 두 손 든 아빠, 엄마가 장난감을 하나 더 사 주겠다며 기념품 가게에 들르기로 했어. 일단 유키토가 애니메이션 카 장난감을 샀고 나는 미니 마우스 인형을 골랐는데, 그랬더니 이번에는 자기도 미니 마우스가 갖고 싶다고 떼를 쓰는 거야."

"……아이고."

나도 모르게 목소리가 흘러나왔다.

"결국 폭발해서 그만 좀 하라고 화를 냈지. '네가 계속 투정을 부리니까 아빠, 엄마가 시간 내서 데려왔는데 고마운 줄도 모르니. 떼쓰면 뭐든지 통할 줄 알아? 언제까지 그럴래!' 하고."

거기서 다시 이다의 얼굴이 일그러졌다.

"유키토는 울음을 터뜨렸어. 난 진짜 짜증 났어. 왜 얘 응석만 받아 주는 건데. 나도 전학 가기 싫지만 현실을 받아들이려고 노력하고 있는데, 왜 얘만…… 그래서 유키토의 손을 놔 버렸어."

이다는 후회하듯 자기 손바닥을 바라보다 주먹을 쥐었다.

"이제 나도 몰라, 그렇게 가고 싶으면 실컷 가든가. 그러면서……."

바들바들 떨리는 주먹에 눈물이 뚝뚝 떨어졌다.

"한번 혼나 보라는 마음이었지. 어차피 아무 데도 못 가고 울기만 할 테니까…… 혼자 두면 무서워서 반성할 줄 알고, 일부러 두고 가는 척 가게에서 나와 쫓아오기를 기다려야지 했어."

난, 하고 말하는 목소리가 부자연스럽게 끊겼다.

"몰랐어, 그 가게에 출구가 하나 더 있는 줄."

드디어 상황이 파악됐다.

즉, 유키토는 거기서 미아가 된 것이다.

집을 나간 걸지도 모르고, 유괴일지도 모른다는 말은 새집을 싫어했으니까 어딘가로 가 버렸을지도 모르고, 그러다 누군가에게 끌려갔을 가능성도 있다는 뜻이다.

그런데 이다는 왜 지금 전에 다니던 학교에 왔을까.

"점원에게는 말했어?"

"엄마가 바로 말했어. 엄마가 점원에게 부탁해서 관내 방송도 했는데…… 그래도 못 찾았어."

말끝이 흐려졌다.

"디즈니랜드에 다시 가고 싶어 했으니까 혼자 간 게 아닐까 싶어 디즈니랜드 직원에게 사정을 설명하고 알아봐 달라고 했어. 하지만 네 살배기 아이를 혼자 들여보내지는 않았대."

"다른 가족과 함께 있어서 그 집 아이로 착각했을 가능성은 없을까?"

그건 아닐 거라며 이다는 고개를 저었다.

"디즈니랜드는 네 살이라도 입장료를 내야 하잖아. 표가 없는데 어떻게 들어가겠어. 걔는 몸집이 크니까 세 살로 봤을 가능성은 없을 테고."

과연, 하고 미즈타니는 코에 주먹을 댔다.

"아빠, 엄마는 아직 그쪽에서 찾고 있어. 하지만 어쩌면 걔 혼자 집에 돌아간 게 아닐까 싶어서."

"네 살짜리가 혼자서?"

"걔는 전철 오타쿠거든. 노선도나 전철 종류를 나보다

훨씬 잘 알아. 500미터쯤 떨어져 있어도 팬터그래프(전철, 전기기관차 등의 집전장치 - 옮긴이) 모양을 보고 몇만 계열인지 알아맞히고는 전조등 위치가 어떻다는 둥 좌석 색깔이 저떻다는 둥 신나게 떠든다니까."

"굉장한걸."

미즈타니의 칭찬에 이다의 표정이 아주 약간 풀렸다.

"디즈니랜드에 가는 도중에도 게이요선을 타는 건 처음이라며 좋아하더니, 역명까지 따라서 재잘거리더라고. 전철 말고는 어제도 일주일 전도 '어제'라고 하거나, 양복 차림에 안경만 끼고 있어도 '아빠'라고 착각할 정도로 바보지만. 아, 혹시 다른 사람을 아빠로 착각하고 따라간 건……."

이다가 입가를 손으로 눌렀다.

"너희 아빠, 오늘 양복 입으셨어?"

"아니, 흰색 운동복. 에이, 아무리 그래도 얼굴을 보면 알겠지. 전에 착각했을 때도 금방 알아차리고 창피해했으니까."

뭐, 그야 그렇겠지. 고작 네 살이라지만 남을 아빠라고 믿고 계속 따라갈 리 없다. 그 사람도 보통은 아빠가 아니라고 설명해 줄 것이다.

"음, 아무튼 전철에 관해서는 희한하게 잘 아니까 집에 돌아가려고 하면 갈 수 있지 않을까 싶어."

이다는 걱정하는 모습을 보인 게 창피한 듯 이야기를 되돌렸다.

"하지만 그렇게 하면서까지 집에 돌아가려고 할까? 보통 가족을 잃어버렸다 싶으면 가게 사람에게 말하지 않을까. 집 열쇠는 없잖아?"

내가 순수한 의문을 꺼내자 이다는 "예전에 집 근처 공원에서 놀다가 미아가 될 뻔했을 때 이렇게 시켰거든. 가족을 잃어버리면 일단 집에 돌아가라고." 하고 답했다.

"그래서 일단 새집에 가 봤는데 집 앞에는 없었어. 옆집 사람한테 물어봐도 못 봤대서…… 전에 살던 집에 간 게 아닐까 싶어서 이쪽으로 왔는데."

— 거기에도 없었다는 건가.

"이제 어떻게 해야 할지 몰라 선생님과 상의하려고 학교에 왔는데 마침 우리 신이 있지 뭐야. 신이라면 어떻게든 해 주지 않을까 하는 마음에."

이다는 매달리는 듯한 눈으로 미즈타니를 보았다. 하지만 지금으로서는 미즈타니도 도움을 주기가 힘들 것이다.

'일단 현장에 가라'가 미즈타니의 모토인데 현장에도

가지 않았고, 애당초 정보가 너무 부족하다.

그때 미즈타니가 "휴대전화는 있어?" 하고 물었다.

"아, 응."

이다가 어깨에 멘 작은 가방에서 부랴부랴 휴대전화를 꺼내 미즈타니에게 주었다. 미즈타니는 인터넷으로 뭔가를 조사하기 시작했다.

"뭘 알아보는 거야?"

이다가 당혹스러운 목소리로 물었지만 미즈타니는 대답하지 않았다. 나는 분명 뭔가 생각이 있어서 그러는 거라고 이다를 달랬다.

미즈타니는 어딘가에 전화를 걸어 어른스러운 말투로 상황을 설명했다.

나는 이다와 얼굴을 마주 보았다.

— 어디에 전화를 건 걸까.

미즈타니가 전화를 끊고 이다에게 고개를 돌렸다.

"유키토를 찾았어."

"뭐?"

이다가 소리를 꽥 질렀다.

"어디서?"

"호텔."

— 호텔?

왜 그런 곳에.

"일단 엄마한테 연락부터 해."

미즈타니는 그렇게 말하며 이다에게 휴대전화를 돌려주었다.

이다는 여우에 홀린 듯한 표정을 지으면서도 전화를 걸었다.

나는 이다가 통화를 마치기를 기다렸다가 "……어째서 거기에." 하고 목소리를 짜냈다.

"미즈타니, 어떻게 알았어?"

"유키토가 '가족을 잃어버리면 집에 돌아가라.'라는 누나의 가르침에 따른 게 아닐까 싶었지."

"하지만 유키토는 집이 아니라 호텔에 있었잖아?"

응, 하고 미즈타니는 고개를 끄덕였다.

"왜 집이 아니라 호텔로 갔는데?"

"사실에서부터 역산해서 생각한 게 문제였어."

미즈타니가 집게손가락을 세웠다.

"이다네 가족은 새집으로 이사하고 얼마 지나지 않아 디즈니랜드에서 놀기 위해 호텔에 하룻밤 묵었어. 그게 객관적인 사실이지만, 거기서부터 생각하면 답은 보이지 않아."

"그게 무슨 소리야?"

"유키토의 시점에서 생각하는 거지. 유키토는 이사를 통해 '집이 바뀌기도 한다'는 사실을 알았어. 그리고 얼마 지나지 않아 호텔에 묵게 됐지."

손가락을 접고 "이다는 이사를 가면 자기 방이 생긴다고 했잖아." 하고 말을 이었다.

"그리고 유키토는 호텔에 도착하자 '궁전 같아, 다 같이 있는 거야?' 하며 기뻐했지. 게다가 유키토는 전철 말고는 잘 몰라서 어제도 일주일 전도 '어제'라고 하거나 양복 차림에 안경만 끼고 있어도 '아빠'라고 착각하곤 해."

거기서 말을 한 번 멈추고 숨을 들이마셨다.

"그래서 추측했지. 유키토가 호텔을 다른 새집으로 착각한 게 아닐까."

"호텔을……?"

"각자 다른 방을 쓰는 새집을 싫어하던 유키토는 이렇게 생각하지 않았을까. '모두가 다 같이 지내는 집에 다시 이사를 왔구나.'"

교문 앞에서 이다를 배웅한 후 대단하다는 말이 저절로

입에서 흘러나왔다.

"미즈타니 넌, 역시 신이야."

"신 아니야."

미즈타니가 고개를 살짝 저었다.

벌써 몇 번이나 들은 말이었다.

미즈타니는 치켜세울 때마다 이렇게 부정한다. 그러고 보니 원래는 신이 아니라 명탐정으로 불리고 싶어 했다.

물론 명탐정이라고도 생각한다. 하지만 그래도 역시 미즈타니에게는 '신'이라는 호칭이 딱 어울린다.

전혀 동갑내기 초등학생으로 느껴지지 않고, 추리를 뺀 어린 시절은 없었을 것 같은 미즈타니.

"넌 뭐든지 다 알고, 당황하거나 침울해하거나 화를 내지도 않는걸."

내가 그렇게 말한 순간이었다.

"뭐든지 다 아는 건 아니고, 화났어."

미즈타니의 대답에 움찔했다.

— 화났다고?

미즈타니의 표정에는 아무 변화도 없었다. 지금도 여느 때와 다를 바 없이 담담한 표정으로 평소처럼 완벽한 추리를 선보였건만.

"……뭐 때문에 화가 났는데?"

미즈타니는 대답 없이 그저 나를 똑바로 보았다.

― 나 때문에?

한순간 놀랐지만 바로 이해가 됐다. 생각해 보면 나는 구로이와가 연관된 그 일에서는 '범인'이었다.

미즈타니는 그 사실을 꿰뚫어 보고서도 한 번도 나를 나무라지 않았다. 오히려 구로이와가 모르도록 감싸 주었는데도 나는 미안하다는 말도 고맙다는 말도 하지 않았다.

"……미안해."

"왜 사과하는 건데?"

미즈타니의 말투는 고요했다. 하지만 묻는다기보다 꾸짖는 듯한 느낌이라 몸이 움츠러들었다.

"그야…… 내가 나쁜 짓을 했으니까."

"그게 아니야."

미즈타니는 어쩐지 피곤한 듯한 목소리로 말했다.

"네가 한 일이 아니라 하지 않은 일이 문제야."

"……하지 않은 일?"

"넌 내게 추리에 필요한 정보를 알려 주지 않았어."

귀 뒤쪽이 화끈 달아올랐다.

― 들켰구나.

구로이와가 본 '낙서' 중에 마지막 '살려 줘.'는 내가 적은 것이 아니라는 사실을.

분명 나는 미즈타니에게 말하지 않았다.

만약 전부 말했는데 미즈타니가 추리해 내지 못하면 미즈타니는 신이 아니게 되니까.

"넌."

미즈타니의 목소리가 한 톤 낮아졌다.

"날 신이라고 치켜세우지만 실은 나를 믿지 않는구나."

"뭐?"

목소리가 뒤집어졌다.

이게 무슨 소리일까. 이렇게나 확고하게 믿는데. 나는 미즈타니를 정말로 신이라고 생각한다.

"믿어. 신이라고 생각하니까……."

"신이라는 어감이 강한 말을 사용하면서 억지로 믿으려 애쓰는 건 의심하는 것과 다를 바 없어."

미즈타니가 내 말을 막았다.

"그런……."

다음 말이 나오지 않았다. 부정해야 하건만 뭘 어떻게 말하면 좋을지 모르겠다.

"난 예전부터 널 믿었어."

그래도 어쨌든 그렇게 말했다.

"굉장하다고 생각하고, 넌 늘 옳다고 믿어."

"그게 이상하다는 거야."

미즈타니의 얼굴이 살짝 일그러졌다.

나는 처음 보는 그 표정에 아무 말도 꺼낼 수가 없었다.

"잘 생각해 봐. 내가 그렇게 늘 옳았어? 아니잖아. 아몬드꽃을 벚꽃으로 착각해서 너희 할아버지를 힘들게 했지. 얍삽이를 활용한 계획을 세웠을 때도 가까이에 자석을 두면 시계가 고장 날 수도 있다는 걸 알면서 만약의 사태를 예측하지 못했어. '살려 줘.'라는 글씨를 네가 쓰지 않았다는 것도 방금까지 몰랐고."

"……방금 알아차린 거야?"

"응."

미즈타니는 고개를 숙였다.

"아까 이다의 이야기를 듣다가 알아차렸어."

나는 한 달 전에 이렇게 추리했어, 하고 말을 이었다.

"자기 딴에는 아무 의도도 없이 서가를 선택했겠지만, 사실 구로이와는 은근슬쩍 유도당했어. 그때 구로이와는 완전히 의심에 빠져 있었지. 이건 정말 저주일까, 아니면 누가 자기에게 겁을 주려고 장난을 치는 걸까. 따라서 눈을 감고 책을 고른다는 방법을 생각해 냈을 때, 누가 일부러 책을 주지는 않을까 불안했을 거야. 구로이와 본인도 그랬잖아. '누가 간섭하지 못하도록 아무도 없는 서가에서' 책을 골랐다고. 그리고 아무도 없는 서가를 만드는 건 인간에게 불가능한 일이 아니었어."

자기가 한 말을 완벽하게 기억한다는 사실에 일단 놀랐다.

미즈타니는 한숨을 쉬었다.

"잘 생각해 보면 이 추리는 이상해. 구로이와는 분명 아무도 없는 서가를 선택하려고 그 서가로 갔겠지만, 애당초 구로이와가 아무도 없는 서가를 선택하려 한다는 것 자체를 예상하기가 어렵거든. 그렇게 불확실한 사태를 가정하고 트릭을 만들다니 너무 부자연스러워. 구로이와가 아무도 없는 서가를 선택하려고 했다는 사실에서부터 역산해서 생각한 게 문제였어."

아까 이다에게 했던 말을 강조하듯 되풀이해 말했다.

"그게 네가 구로이와에게 사용한 트릭이 아니라면, 넌 그때 추리를 듣자마자 내 실수를 알아차린 셈이지. 그런데 넌 내게 아무 말도 하지 않았어."

미즈타니의 날카로운 시선이 나를 꿰뚫었다.

"넌 내가 옳다고 믿고 싶었어. 그래서 내게 불리한 일은 전부 없었던 셈치고 넘어가기로 한 거야."

"그건······."

"혹시 알아?"

미즈타니가 얼굴을 도서실 쪽으로 돌렸다.

"요전에 책에서 봤는데 옛날에 독일에서 나치라고 불리는 사람들이 유대인을 수없이 죽였대."

그건 나도 어느 정도 안다. 책 소식지에 《안네의 일기》라는 책이 소개됐기 때문이다.

하지만 왜 지금 미즈타니가 그 이야기를 꺼냈는지는 모르겠다.

"수많은 사람이 유대인은 열등한 민족이니까 죽여도 된다, 죽여서 절멸시키는 편이 세상을 위한 일이라는 나치의 사상에 사로잡혔대. 물론 동의하지 않는데도 거역할 수 없어서 따른 사람도 있었겠지. 아니, 오히려 처음에는 나치의 중추에 있는 사람들도 동의를 안 하지 않았을까 싶어. 하지만 그래도 학살은 자행됐지. 처음에는 조금씩 죽였지만, 죽이는 속도가 점차 빨라지고 나중에는 독가스로 한꺼번에 죽이기까지 해서, 믿을 수 없을 만큼 많은 사람이 죽었어."

눈을 내리뜬 미즈타니의 속눈썹이 떨리는 것 같았다.

"왜 그런 일이 벌어진 건지 도무지 이해가 안 되더라고. 개중에는 유대인을 죽이기 싫은 사람도 있었을 텐데, 오히려 그런 사람이 많았을 텐데, 왜 흐름이 멈추기는커녕 빨라졌을까. 알고 싶어서 다양한 책을 읽어 보다가 어떤 책에서 한 문장을 보고 이거구나 싶었지."

거기서 다시 나를 보았다.

"죽이기 싫었으니까, 많이 죽이게 된 것이다."

— 죽이기 싫었으니까, 많이 죽이게 된 것이다?

나는 미즈타니의 말을 속으로 되뇌었다. 하지만 무슨 뜻인지 이해가 되지 않았다. 완전히 모순이다.

"죽이기 싫은데 명령 때문에 어쩔 수 없이 죽인 사람은, 그 순간부터 물러설 수 없게 돼 버린 거야. 죽은 사람은 결코 되살아나지 않지. 이제 돌이킬 수 없어. 그런데 나치의 사상이 틀렸다면 자신은 잘못된 짓을 저지른 셈이 되고 말아."

나는 작게 숨을 삼켰다.

"잘못을 저지르고 있다고 생각했기에, 죄책감에 시달렸기에, 그걸 부정해 줄 핑계에 매달린 거야. 자신은 옳은 일을 했다. 자신은 잘못하지 않았다. 그런 심리를 보강해 줄 말이나 일에만 관심을 주고, 다른 건 못 본 척하기로 했어."

그런 게 아니라고 반박하려 했다.

그런 이야기와 나는 전혀 상관없다고.

하지만 다름 아닌 나 스스로 했던 생각이 떠올랐다.

— 미즈타니는 주어진 정보를 통해 반드시 올바른 답을 찾아내는 신이어야 한다.

그렇지 않으면 그때 우리가 취한 행동은 잘못이 되고 만다.

어린아이가 몇 명 있어 봐야 아무 도움도 안 된다고 생각해서 가와카미의 집을 떠났던 그 일 말이다.

그때 미즈타니는 '확실히 그게 현실적인 방법이겠네.' 하고 말했다.

나를 말리고 가와카미와 같이 있자고 말하지 않았다.

하지만 그게 올바른 선택이었다면, 올바른 일을 했는데도 비극을 막지 못했다면, 그건 어쩔 수 없는 결과다.

"그렇지만."

목소리가 떨렸다.

"가와카미가 죽었는걸. 우리가 다른 방법을 선택했다면 죽지 않았을지도 모르는데."

바로 이거였다.

나는 내내 후회하고 있었다.

그렇기에 그 사실을 인정하고 싶지 않았던 것이다.

미즈타니가 숨을 길게 내쉬었다.

"역시 그랬구나."

어쩐지 몹시 지친 듯한 표정으로 "넌 큰 착각을 하고 있어." 하고 말했다.

"가와카미는 안 죽었어."

"뭐라고?"

"냉정하게 상식적으로 생각하면 알 수 있는 일이지. 아이가 학대를 당해 죽으면 뉴스에서 크게 다룰 거야. 선생님도 죽은 사람을 '전학을 갔다'고 하지는 않을 테고."

"하지만…… 그럼 그 소문은."

"그냥 가와카미 집 앞에 구급차와 경찰차가 서 있었다는 사실만 가지고 멋대로 상상한 거지. 가와카미는 시설에서 보호받고 있어. 휴, 그래. 역시 제대로 설명했어야 했는데."

— 무슨 뜻이지?

"네가 소문을 진짜로 받아들였다는 걸 난 몰랐어. 이것도 내 실수지."

미안해, 하고 사과하는 목소리가 흐릿하게 들렸다.

가와카미는 죽지 않았다?

하지만 집 앞에는 구급차와 경찰차가 서 있었다.

방금 막 주어진 정보가 머릿속에서 어지럽게 난반사됐다.

잠시 후에 나는 고개를 번쩍 들었다.

"가와카미가 다친 거야?"

구급차는 아빠에게 폭행을 당해 크게 다친 가와카미를 실어 가려고 온 것 아니었을까.

"크게 다쳐서 구급차에 실려 간 건 가와카미가 아니라 가와카미 아빠야."

"뭐?"

"가와카미 아빠가 바깥계단에서 떨어졌어."

쾅, 하고 세게 얻어맞은 것 같은 충격이 몰려왔다.

바깥계단. 가와카미가 아빠를 죽이려고 함정을 만들었던 그 난간.

"……혹시 가와카미가."

하지만 미즈타니는 고개를 저었다.

"그 그림은 사용하지 않았어."

"그렇다면……."

"잘 들어, 가와카미는 아무 짓도 안 했어."

미즈타니는 알아듣도록 설명하듯이 말했다.

"그날 나는 너희 집을 나선 후에 가와카미 집으로 돌아갔어. 가와카미가 친척 아주머니와 상의해 보겠다고 했고 아동상담소에도 신고는 했지만 그 정도로는 불안했거든. 아무튼 하다못해 가와카미 아빠가 돌아올 때까지는 누가 함께 있는 편이 낫겠다는 생각이었어."

그때 미즈타니는 '오늘 밤만큼은 집을 비우는 편이 좋겠어.' 하고 가와카미를 설득했다. 가와카미가 고개를 끄덕이지 않자 '그럼 적어도 내가 함께 있을게.' 하고 제안했다.

그런 두 사람의 대화를 막고 '역시 아동상담소에 신고하는 편이 좋지 않을까.' 하고 주장한 건 나다.

'어린애가 몇 명 있어 봐야 분명 아무 도움도 안 될 거야.'

내 말에 가와카미는 아무런 대꾸도 하지 않았다. 미즈타니는 '확실히 그게 현실적인 방법이겠네.' 하고 대답했다.

하지만 그 후에 미즈타니는 가와카미 집으로 돌아갔다.

"돌아가 보니 떼어 낸 그림을 난간에 다시 붙여놨더라고."

"그런……."

그날 그림을 떼어 낸 미즈타니는 '이걸 사용해서는 안 돼.' 하고 말렸다.

'이런 일에 그림을 사용하면, 넌 두 번 다시 그림을 그릴 수 없게 될 거야.'

그 말에 가와카미는 눈물을 흘렸다.

처음으로 보는 가와카미의 눈물에, 미즈타니의 마음이 전해졌구나 싶었다.

미즈타니도 이렇게 말했다.

'적어도 다시 그 방법을 사용하려고 들지는 않겠지.'라고.

그런데 어째서.

"내가 잘못 생각한 거야."

미즈타니가 나지막한 목소리로 말했다.

"가와카미가 자기 꿈을 버리면서까지 아빠를 죽이려 할 리는 없다고 믿고 안심했지. 하지만."

미즈타니의 목소리가 살짝 갈라졌다.

"가와카미가 느끼던 공포와 절망은 꿈으로 지워 버릴 수 없을 만큼 컸어."

쿵, 쿵 심장이 점점 빨리 뛰었다.

"가와카미는 이대로 가다가는 아빠 손에 죽을지도 모른

다고 했어. 다음은 자기라고."

"다음은이라니."

"키우던 고양이가 아빠 손에 죽었거든."

온몸이 단숨에 싸늘해졌다.

가와카미 집에서 보았던 고양이 낚싯대가 머릿속에서 되살아났다.

그때 나는 가와카미에게 고양이를 키우냐고 물었다. 그리고 가와카미는 대답하지 않았다.

"가와카미 아빠는 고양이를 중성화시키지 않았어. 남자애인데 불쌍하다면서. 그래서 고양이는 집에다 마킹을 하게 됐지."

"마킹?"

"오줌을 싼 거야."

아, 하고 목소리가 새어 나왔다.

나는 가와카미 집에 갔을 때 이렇게 느꼈다.

'동물원 우리에서 밀려오는 짐승 냄새 비슷하니 땀과 오줌과 먼지가 뒤섞인 듯한 냄새가 난다.'라고.

"중성화하지 않은 수컷이라면 당연히 하는 행동이지. 영역을 주장하는 것도, 번식기에 암컷을 유인하려는 것도 본능이니까. 이건 교육한다고 해결될 문제도 아니고, 억지로 못 하게 하면 고양이 입장에서는 고통스러울 뿐이야. 하지만 가와카미 아빠는 고양이가 오줌을 쌀 때마다 고함을 지르고 때렸어."

나는 떨리는 손끝을 멍하니 내려다보았다.

할아버지 집에서 안아 보았던 새끼 고양이.

부드럽고, 가볍고, 따뜻하고, 뼈가 하나도 없는 것처럼 부들부들한 등이 움직일 때마다 폭신폭신한 털이 손바닥을 간지럽혔다.

초롱초롱한 눈으로 쳐다보기만 해도 가슴이 벅차올랐고, 진심으로 어쩌면 이렇게 귀여울까 싶었다.

"어느 쪽이 더 불쌍하냐고 가와카미가 한탄했지. 고함을 지르고 때릴 바에야 중성화를 시키는 게 훨씬 낫지 않느냐면서."

미즈타니의 목소리가 더 낮아졌다.

"친척 아주머니와 상의해 보겠다는 말은 우리를 안심시키기 위한 방편이었어. 실은 벌써 상의했지만 상황은 전혀 변하지 않았지. 아니, 가와카미 말로는 오히려 더 안 좋아졌다고 하더라. 그 사람은 절대로 날 놓아주지 않고 어디까지나 쫓아와서 더 심각한 일이 생긴다, 도움을 요청하면 할수록 외톨이가 된다고 그랬어."

도움을 요청하면 할수록 외톨이가 된다.

'살려 줘.'

도서실 책에 적힌 글씨를 보았을 때 나는 가와카미가 원망했을지도 모른다고 생각했다.

앞으로 죽을 걸 알면서도 도움을 요청하는 말을 애써 삼키고 오로지 공포를 견딘 것 아니겠느냐고.

연관되기 싫고, 달아나고 싶어 하는 내 마음을 꿰뚫어 보고서 목구멍까지 올라온 말을 꺼내지 않았다고.

하지만 가와카미는 이미 도움을 요청하려는 의지마저 상실했다.

"아동상담소에 신고했다는 이야기로는 가와카미를 안심시킬 수 없었어. 그래서 가와카미에게 말했지. 이 방법은 정말로 먹힐지, 언제 먹힐지 모른다. 만약 정말로 죽이고 싶다면 좀 더 확실한 방법을 택하는 편이 낫다고."

몸속이 싸늘하게 식는 게 느껴졌다.

그날 미즈타니는 가와카미에게 '죽여도 돼.'라고 했다.

'그딴 놈은 죽어도 싸.'

그때 느낀 공포가 더 크게 돌아왔다.

"그래서……."

묻는 목소리가 떨렸다.

하지만 미즈타니는 고개를 저었다.

"가와카미는 직접 손을 쓰기를 싫어했어. 아무리 가능성이 낮더라도 운을 하늘에 맡기는 방법을 사용하고 싶어 했지."

"그건…… 직접 뭔가 하기가 무서워서?"

"그것도 그렇겠지. 하지만 그 이유만은 아니야."

미즈타니의 눈동자가 희미하게 흔들렸다.

"그 정도로 궁지에 몰렸는데도 가와카미에게는 망설임이 있었어. 정말로 죽여도 될까. 그 사람이 화내는 건 자기가 잘못한 탓 아닐까. 잘해 줄 때도 있고, 그 사람 덕분에 자기가 지금까지 먹고살 수 있었는데…… 아빠가 던진 말을 마음 한구석으로 믿는 것 같은 눈치더라."

"그렇게…… 지독한 짓을 당했으면서."

"가와카미는 아빠를 미워하는 마음보다 자기 자신을 미워하는 마음이 더 큰 것 같았어. 자기가 있으니까 힘든 거다, 자기 탓에 이상해지는 거다, 실은 자기가 죽어야 마땅하다고 자책했지."

미즈타니는 눈을 내리깔고 가와카미는, 하고 말을 이었다.

"고양이가 맞아 죽었을 때 곁에 있었어."

나도 모르게 주먹을 움켜쥐었다.

"이 멍청한 고양이가 또 이 지랄이네. 몇 번을 말해야 알겠냐. 코가 썩겠네. 확 죽여 버릴라. 그렇게 고함을 지르며 고양이의 머리를 오줌에다 짓누른 채 주먹질을 하는 아빠 옆에서 가와카미는 눈과 귀를 막고 있었지. 그만두기를, 빨리 끝나기를 바라면서도 고양이가 맞는 동안은 자기가 맞지 않아도 된다는 모순된 감정으로."

나는 눈을 꼭 감았다.

"가와카미는 자기도 함께 고양이를 죽인 셈이라고 했어. 아니라고, 절대 그렇지 않다고, 나쁜 것도 이상한 것도 전부 너희 아빠고 너는 아무 잘못도 없다고 말했지만, 가와카미의 마음에는 내 위로가 다다르지 못했지."

눈꺼풀 안쪽에 가와카미가 그린 고양이 그림이 떠올랐다.

폭신폭신하고, 사랑스럽고, 당장이라도 움직일 것 같았던 귀여운 고양이.

가와카미는 분명 그 고양이를 아주 좋아했을 것이다. 볼 때마다 어쩌면 이렇게 귀여울까 생각했겠지.

아니라면 그런 그림은 못 그린다.

그렇건만 고양이가 눈앞에서 죽어가는데도 어떻게 해

줄 수가 없었다. 고양이가 맞는 동안은 자기가 맞지 않아도 된다. 그렇게 생각했다는 가와카미를 누가 비난할 수 있을까.

하지만 가와카미 스스로 내내 자책해 왔다.

"그래서 난 이렇게 말했어. 신에게 부탁하자고."

— 신.

"나 말고 하늘에 있는 진짜 신 말이야. 신에게 남아야 할 사람을 정해 달라고 하자, 만약 너희 아빠가 죽으면 그건 신이 정한 일이다. 그래서 잘 통할지도 모르고 잘 안 통할지도 모르는, 운에 맡기는 방법을 쓰기로 했지."

"……그게 우연히 잘 통했다는 거야?"

"우연이기는 하지만, 그게 전부는 아니야. 우연에 맡기더라도 확률을 높이는 것 정도는 허용되지 않겠느냐고 가와카미를 설득했어."

어떻게 하면 가와카미가 죄책감에 시달리지 않고 넘어가느냐가 중요했어, 하고 미즈타니는 말을 이었다.

"어떤 방법을 택하든 법률적으로 따지면 가와카미는 벌을 받지 않겠지. 정당방위고, 애당초 가와카미는 아직 열한 살이니까. 하지만 그 그림을 사용한 함정처럼, 가와카미가 아빠를 죽일 의도로 적극적인 행동을 취했다가 아빠가 정말로 죽으면 가와카미는 앞으로 내내 죄책감으로 고통스러워할 거야."

그래서, 하고 시선을 내게 되돌렸다.

"우리는 '아무것도 하지 않는다'는 방법을 택했어."

난간이 망가졌다는 사실을 말하지 않는다. 진흙이 묻어서 잘 미끄러지는 계단을 청소하지 않는다. 약을 약통에 정리하지 않는다. 넘어진 병을 도로 세우지 않는다. 미즈카미는 '않는다'라는 부분을 강조하듯 말하며 손가락을 하나씩 접었다.

"그날 그 집에는 여러 곳에 위험이 도사리고 있었어. 하지만 그건 일부러 그런 게 아니야. 전부 가와카미의 의도나 행동과는 관계없이, 이미 벌어진 일이었어. 그날 가와카미가 일부러 취한 행동은 단 하나, 아빠에게서 달아난 것뿐이었지."

미즈타니가 말을 멈추고 숨을 들이마셨다.

"아빠가 현관으로 들어와서 계단을 올라오는 소리가 들리면 뒷문을 통해 바깥계단으로 달아난다. 그러면 아빠가 쫓아오겠지. '그 사람은 절대로 날 놓아주지 않고 어디까지나 쫓아올' 테니까."

그건 그날 가와카미에게 들은 말이었다.

가와카미가 아무 짓도 안 했다는 말이 무슨 뜻인지 드디어 이해가 됐다.

"사토하라."

미즈타니가 내 이름을 불렀다.

"난 너한테 화난 게 아니야. 나 자신에게 화가 났어. 가와카미 일로 너를 나무랄 마음도 없고. 지금도 그때 네가 현실적이고 타당한 판단을 했다고 생각해."

미즈타니의 눈이 살짝 가늘어졌다.

"아이는 어른에게 의지해도 돼."

부드럽지만 절실한 목소리였다.

"그때 난 가와카미 집 앞에서 전부 다 봤어. 가와카미 아빠는 우리가 노린 대로 우연히 계단에서 떨어졌지만, 만약 무사히 계단을 뛰어 내려와서 가와카미가 붙잡혔다면 큰일이 벌어졌을지도 몰라."

미즈타니의 목울대가 어렴풋이 위아래로 움직였다.

"난 가와카미에게 달아나라고 했어. 아빠가 돌아오면 바깥계단으로 달아나라고, 밑에 내가 있으니까 절대 돌아보지 말고 거기까지 달려오라고. 하지만 가와카미는 아빠가 계단에서 떨어졌을 때 멈춰서 뒤를 돌아봤어."

미즈타니가 눈을 내리떴다. 속눈썹이 희미하게 흔들렸다.

다양한 감정이 느껴지는 모습이었다.

그 순간 가와카미는 무슨 생각을 했을까. 그런 가와카미의 뒷모습을 보고 미즈타니는 어떤 생각을 했을까.

"왜 여기 있느냐고 너희 엄마한테 혼났어."

미즈타니가 목소리 톤을 바꿔서 말했다.

"우리 엄마가?"

"집에 돌아간 거 아니냐고, 무슨 일이라도 생기면 어쩌려고 이런 곳에 혼자 왔느냐고. 미안하다고 사과도 하셨지. 원래는 어른이 무슨 수를 써야 하는 일이라면서."

― 아아, 그렇다.

생각해 보면 미즈타니가 그날 가와카미 집에 돌아갔다는 건, 우리 아빠, 엄마와도 마주쳤다는 뜻이다.

"다음에 널 만났을 때, 그날 무슨 일이 있었는지 하나도 모르더라. 너희 아빠, 엄마가 그러기로 했구나 싶었지. 그래서 나도 그날 있었던 일을 말하지 않기로 한 거고."

콧속이 찡하니 아팠다. 시야가 부예지고, 눈물이 흐르지 않도록 입술을 꽉 깨물었다.

그때 미즈타니가 함께 가와카미 집에 가 보자고 했다면, 그런 생각을 하려고 했다. 하지만 나는 이미 답을 안다.

설령 미즈타니를 따라갔더라도 나는 어느 순간에 달아

났으리라.

미즈타니는 내가 현실적이고 타당한 판단을 했다고 말해 주었다.

하지만 안다.

나는 그저 도망치고 싶었을 뿐이라는 걸.

도망치기 위해 그럴싸한 정론을 나중에 갖다 붙였을 뿐이라는 걸.

─ 하지만 미즈타니에게 그런 내 진심을 밝히면 분명 도망쳐도 괜찮다고 말하겠지.

어린아이니까 그래도 된다고.

하지만 나와 똑같이 어린아이인 미즈타니는 도망치지 않는다.

아무리 무서워도, 후회가 찾아와도, 계속 맞선다.

"'살려 줘.'라는 말은 누가 쓴 걸까."

미즈타니의 이야기는 거기로 돌아갔다.

"현재 시점에서는 가능성을 좁힐 수 없어. 적어도 너랑 가와카미의 영혼이 그런 게 아니라는 건 확실하지만 진상에 다다르기에는 정보가 너무 부족해."

미즈타니는 다시 도서실 쪽으로 고개를 돌리고 걸음을 옮겼다.

"어디 가는데?"

나는 그 자리에 서서 물었다.

"조사하러."

미즈타니는 짤막하게 대답했다.

"그게 귀신이 일으킨 괴이 현상인지, 아니면 산 사람이 도움을 요청하고 있는 건지."

코 밑을 문지르며 걸어가는 미즈타니를 보고 추리할 작정이라는 걸 알아차렸다.

미즈타니는 정보를 모아서 진상을 찾는다. 만약 실제로 도움을 요청하는 아이가 있다면 도와주기 위해.

나는 발끝을 들었다가 움직임을 멈췄다.

더 이상 지금까지처럼 미즈타니를 따라갈 수가 없었다.

미즈타니가 언제나 옳은 신이 아니어서가 아니다.

몇 번을 틀리든, 그래서 후회를 짊어지든, 미즈타니는 결코 전진을 멈추지 않기 때문이다.

나는 드디어 깨달았다.

누군가의 수수께끼에 도전해 해결책을 제시하는 것은, 그 사람의 인생을 짊어진다는 뜻임을.

그 사람의 인생에 관여하고 결과에 책임을 진다.

비판도, 후회도, 갈등도, 전부 받아들인다.

미즈타니 곁에 있고 싶었다. 미즈타니가 그날 가와카미 곁에 있었던 것처럼.

— 하지만 나는 아직 누군가의 인생을 짊어질 수 없다.

나는 뒤돌아보지 않고 걸어가는 미즈타니의 뒷모습을 우뚝 서서 바라보았다.

하다못해 눈만은 감지 않고.

옮긴이의 말

혼자서 책을 마주하고 일하는 번역가라는 직업의 특성상 나는 인간관계가 그렇게 넓은 편이 아니다. 번역가가 되기 전에도 인간관계가 그렇게 넓지는 않았다. 그래도 지금까지 수많은 사람과 만나고 헤어져 왔다. 학창시절이 그러한 인간관계의 대부분을 차지하는 것도 같다.

보통은 초등학교에 입학하면서 불특정 다수와 처음으로 인간관계를 맺고 서로 영향을 주고받지 않나 싶다. 불혹에 접어든 나이 때문인지 머리가 굳었기 때문인지 이제는 사람들에게 그렇게 큰 영향을 받는 편이 아니지만, 초등학생 때만 해도 주변 아이들에게 영향을 받고 다양한 감정을 품었다. 초등학교 저학년(몇 학년인지 확실하지는 않지만) 체육시간에 매트에서 텀블링을 하는 아이를 보고 부럽다, 저렇게 되고 싶다고 생각한 게 내가 남에게 처음으로 품은 동경심이 아닐까 싶다. 나이를 먹어 자아가 성장할수록 그러한 감정들이 뚜렷해지고 복잡해지면서 질풍노도의 시기가 찾아오는 것이겠지.

2012년 학원 미스터리물 《죄의 여백》으로 데뷔한 아시자와 요는 그 후 다양한 작품을 발표해 문학상 후보와 연말 미스터리 랭킹에 이름을 올리며 점차 두각을 나타낸다. 그리고 2020년에 발표된 《더러워진 손을 거기서 닦지 말 것》으로는 나오키상 후보에도 오른다.

본 작품 《나의 신》은 단편집으로서는 《아니 땐 굴뚝에 연기는》과 《더러워진 손을 거기서 닦지 말 것》 사이에 위치한 작품이다. 《아니 땐 굴뚝에 연기는》은 괴담을 바탕으로 한 공포소설이고, 《더러워진 손을 거기서 닦지 말 것》은 뒷맛이 깨끗하지 못한 이야미스 유에 속한다고 할 수 있다. 어떤 의미에서 강렬한 두 작품과 달리 《나의 신》은 초등학교 5학년을 주인공으로 삼은 일종의 학원물이다.

주인공 중 한 명인 미즈타니는 워낙 신통방통해 '신'이라는 별명으로 불리고, 화자인 '나'는 친구로서 미즈타니를 졸졸 따라다닌다. 사건을 해결하는 미즈타니를 탐정, 관찰자이자 화자인 '나'를 조수로 볼 수 있겠다. 그렇다면 소년 탐정단이 활약하는 아기자기하고 가벼운 이야기가 아닐까,《아니 땐 굴뚝에 연기는》과《더러워진 손을 거기서 닦지 말 것》사이에서 독자에게 입가심을 시켜 주는 작품이 아닐까 싶었지만 내 짐작은 반은 맞고 반은 틀렸다.

앞서 말했다시피 보통은 초등학교에서 처음으로 다양한 인간관계를 경험한다.《나의 신》의 화자인 '나'도 4학년 때 미즈타니를 만나 그를 동경하게 된다. 이런 나와 미즈타니를 아시자와 요는 '홈스를 만나 버린 왓슨'이라고 표현한다. 개인적으로는 너무 일찍 만나 버린 홈스와 왓슨이라고 표현하고 싶다.

이미 어른인 홈스와 왓슨의 관계는 흔들리지 않는다. 둘은 떼려야 뗄 수 없는 단짝이지만 적당한 거리를 유지하는 방법도 알고 있을 것이다. 한편 '나'와 미즈타니는 다르다. '나'는 '신'이라 불리는 미즈타니를 무작정 신봉하면서도 약간의 질투심을 품고 있고, 그를 따라가지 못해 좌절감을 느끼기도 한다. 뛰어난 인물에게 인정받고 싶다는 욕망도 언뜻 드러난다. 다감한 시기이기에 더욱 두 사람의 관계성은 흔들릴 수밖에 없다.

이렇듯《나의 신》에서는 여러 가지 문제(초등학생이 해결할 수 없는 것도)를 제시하고, 그 문제를 해결하기 위해 애

쓰는 등장인물을 통해 변화해 가는 관계를 독자에게 보여 준다. 하지만 변화가 꼭 나쁜 것만은 아니다. 상처에서 진주가 만들어지는 것처럼 흔들리고 변화하는 가운데 인간은 성장하니까.

이처럼 《나의 신》은 다감한 시기에 접어든 소년의 심리를 세심하게 그려 내면서도, 추리소설로서의 재미도 잃지 않는다. 아시자와 요는 어느 순간 이야기의 구도를 확 뒤집어 반전을 선사하는 수법을 많이 사용하는데, 그 과정에서 깔아놓은 복선을 야무지게 회수하는 작가다.

이번 작품에서도 그러한 면모가 여실히 드러난다. 성장소설과 추리소설이라는 두 마리 토끼를 잡았다고 할 수 있겠다.

어느덧 작가 생활 10년 차에 접어든 아시자와 요. 지금까지 국내에 소개된 작품의 결이 모두 다르다는 데서 아시자와 요의 역량을 미루어 짐작할 수 있다. 《나의 신》도 또 다른 재미를 선사할 것이라 믿어 의심치 않는다.

2021년 10월

김은모

나의 신

1판 1쇄 인쇄	2021년 10월 21일
1판 1쇄 발행	2021년 10월 28일
지은이	아시자와 요
옮긴이	김은모
발행인	황민호
본부장	박정훈
책임편집	한지은
편집기획	김순란 강경양 김사라
마케팅	조안나 이유진 이나경
국제판권	이주은 김준혜
제작	심상운
발행처	대원씨아이㈜
주소	서울특별시 용산구 한강대로15길 9-12
전화	(02)2071-2095
팩스	(02)749-2105
등록	제3-563호
등록일자	1992년 5월 11일
ISBN	979-11-362-8958-2 03830

- 이 책은 대원씨아이㈜와 저작권자의 계약에 의해 출판된 것이므로 무단 전재 및 유포, 공유, 복제를 금합니다.
- 이 책 내용의 전부 또는 일부를 이용하려면 반드시 저작권자와 대원씨아이㈜의 서면 동의를 받아야 합니다.
- 잘못 만들어진 책은 판매처에서 교환해드립니다.